T0278697

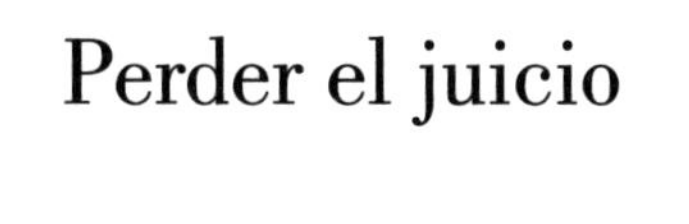

Perder el juicio

Ariana Harwicz

Perder el juicio

EDITORIAL ANAGRAMA
BARCELONA

Ilustración: «Pierre y Paulette besándose en el café Chez Moineau», París (1952-1954), © Ed van der Elsken/Nederlands Fotomuseum

Primera edición: *abril 2024*

Diseño de la colección: Julio Vivas y Estudio A

Pau Claris, 172
08037 Barcelona

ISBN: 978-84-339-2405-6
Depósito legal: B. 1189-2024

Printed in Spain

Liberdúplex, S. L. U., ctra. BV 2249, km 7,4 - Polígono Torrentfondo
08791 Sant Llorenç d'Hortons

A Sofía T.
Delphine Jubillar
Alexia ~~Daval~~ Fouillot
Vanina Fonseca

A Lisa por responder a mi llamado de urgencia
en medio de un campo de girasoles

Les preguntaron a asesinos seriales qué habían sentido la primera vez, si había sido escalofriante matar. No tanto, la verdad, respondieron. Se ve en las cámaras de seguridad de los restaurantes donde van los asesinos a almorzar justo antes de arrojarse a las vías, o justo después de haber matado a un niño y envolverlo debajo de la cama de un hotel. Los mozos coinciden en que tienen apetito, se los ve ligeros y cordiales. El 99 % somos normales, dicen los parricidas, es solo un 1 % la diferencia, solo eso es lo que nos separa de los criminales. Un pequeño antes y después, la nada misma. En esas deformidades que no llevan a ningún lado y solo sacan tiempo pienso mientras masco chicle de fresa. Uno tras otro, mastico, perforo mis dientes, hago globito, son los que les gustan a ellos, sigo comprando paquetes enteros pegados a las cajas de los supermercados. Sin azúcar, como le gustan a J, con fresa líquida encapsulada, como le gusta a E. Me quedo hasta que cierra el Auchan, los finde tengo menos opción y merodeo otros posibles lugares donde cruzarlos. Dos veces los vi en la góndola de los alcoholes, licor a base de vodka, aromáticos a base de rhum, aperitivos, pastis digestivos, proseco, cava, champagne medio seca, él iba llenando el carrito, vinos efervescentes, sidras, coctails, y los chicos lo ayudaban con disciplina, haciendo una cola, el padre le pasaba a uno y al otro. Como en las filas de la guerra, los voluntarios pasan los alimentos de primera necesidad para los soldados, después todo terminará en la pileta instalada bajo tierra que no declararon al fisco. Parece que habrá una gran celebración, seguro con parejas y amigos de la región, con otros chicos de su edad, seguro todos se quedarán a dormir en las camas marineras, en los altillos y los áticos, los adultos tirados con las copas en mano en los dos amplios pisos de la casa. Después, algunos invitados venderán sus viñedos, entrarán en el grandioso círculo descendiente de las deudas con el tesoro público y se tirarán una madrugada del viaducto de Saint-Satur. Camino por los pasillos, ya sé dónde están las cámaras de seguridad, después paso largo rato escondida en el baño de hombres por si alguno corre a hacer pis, la gotita en el calzón. Siempre igual, el pis después de la doble jornada del cole, aunque en general prefieren mear las motos de colección aparcadas fuera por los fanáticos de la comarca. Me voy por la zona de los juguetes, antes podía robarles un robot con pilas, pagar uno y esconder el otro en la remera o adentro del short, eso los hacía reír mucho, cuando sacaba el robot en el auto, estallábamos por la magia. Acá mamá encontró uno más, sorpresa, sale del short, de la bombacha, como el conejo de la galera. Dos veces los crucé después de la sentencia, no puedo asegurar si me saludaron, creo que sí, con la mano uno, con una sonrisa el otro, yo también con la mano y la sonrisa. Me voy por las góndolas de enchufes, alargues y cables eléctricos, todo iba a salirme, ya se puede saber, el deseo total, la alegría histriónica, delirante, dan náuseas. Me voy encorvada a dar una tanda de arcadas en el parking, tandas cada vez más grandes, la boca de pelicano al mango. Ahí los veo salir a los tres con el carrito a tope y abrir el auto nuevo desde lejos, qué marca es, nunca supe nada de marcas, un Audi, un Clio, un descapotable, un camión de combate, lo que sí, es nuevito. Los dos ayudan al papá a poner todo en el baúl, botellas y postres de crema batida empaquetados. Entro de nuevo pero el supermercado cierra. Por favor, por favor, doy saltitos infantiles y bailes latinos frente a la persiana y me dejan entrar corriendo, sudada, una ridícula. Compro salchichas de cerdo ahumado, paquetes de papas fritas de mostaza, vinagre, bacon, congelados, bolsas de arroz tailandés y lo cargo todo en mi buzo canguro, gracias, gracias, son muy amables. Creo que me miran con asco, que no me tocarían ni aunque me regalara en los locales del garage de autos de ocasión. No cuenten conmigo, no voy a regalarme, nunca se puede saber de antemano en lo que alguien puede convertirse.

En la sentencia mi HLM es demasiado angosta, un pasillo con pocas aberturas para conservar el calor. En la sentencia mi casa está venida a menos, inhabilitada para recibir a los hermanos, solo verlos una vez al mes en un lugar mediatizado, menos que las familias de los terroristas. Un lugar neutro desde el que puedo ver al padre fumar un cigarrito tras otro durante el encuentro. A veces me pierdo en la charla y los juegos que tenemos que hacer por culpa del humo exhalado por el padre. Fff, fff, fff, hace nubes y arma mensajes en el aire, algo me quiere decir con esas volutas, me distrae, lo dije, pero creo que la asistente social presente en la sala lo tomó a mal, anotó algo en el informe y no volví a insistir. Los primeros meses iba vestida de entrecasa, como es mi costumbre, quién tiene ganas de vestirse con algo dorado, con tiras bordadas o un suéter rosa con apliques. Desde que me levantaba esperaba con un café frente a la Loire a que se hicieran las 15h30 y me iba al centro a pie. Espiaba casa por casa a lo largo de la desierta Saint-Satur, la mayoría estaban abandonadas, podía ver el ambiente gótico de esos salones cerrados, asfixiantes, las cúpulas oscuras por los incendios, las largas sillas de madera esparcidas bajo los árboles donde alguna vez habrán bebido hasta desfallecer. A veces, cuando me sobraba tiempo, abría las cadenas o saltaba una reja y me colaba en esos tugurios que fueron lujosos y señoriales hace dos siglos y que hoy sirven a beodos y dependientes, a ganados nocturnos en busca de alguna ración. Cuando por fin el Estado me otorgó una abogada de oficio, ella me miró de arriba abajo y me dijo: madame, hay códigos vestimentarios que hay que respetar si quiere tener una oportunidad de ganar. En casos como el suyo, no puede vestirse con cuero, con animal print, con escotes, con tacones de madera, no la beneficia, ¿me entiende? No la puedo representar si no colabora. Esa misma noche envió un texto que leí sentada en la rotonda de Sancerre donde, como la dieta de un diabético 2, me daba una lista de ropa posible para los días de encuentro. El agua de la fuente corre entre los sucios canales atestados de peces bajo mis pies, anocheció rápido ese día mientras pensaba qué ropa tenía que comprarme en el súper Colruyt o en las ofertas de Gemo, pantalón negro, no tengo, zapatos femeninos o sobrios, no tengo, una blusa de color claro, sin motivos, nunca tuve, ir a la peluquería, no voy. Su imagen podrá jugar a nuestro favor cuando apelemos la decisión de la Justicia, dijo mi abogada. La imagen, el tono de voz, la postura corporal. No se pare tan para adelante, no levante tanto las manos, no hable con la voz ronca, etc. Pero los tiempos son extremadamente lentos en este país, madame, los tiempos van en carreta. Mientras tanto, no usar borcegos, no usar tachas, sacarse las cadenas, incluso las más finitas, corregir el pelo, trabajar la mirada y los gestos. Número 1: no aparentar muy masculina porque se la vería como poco madre, ¿poco o poca?, lo que sea, no use. Número 2: no aparentar ser muy femenina para no dar a entender una inclinación muy pronunciada por el sexo o la obscenidad. Número 3: no se muestre como una lombriz solitaria, se vería como antisocial y, llegado el caso, la podrían acusar de marginal. Manténgase en el medio, vístase y compórtese de manera templada. Cuando vio las fotos de mi casa, lo mismo, demasiado lumpen, parece que viviera en el siglo XIII con paredes en demolición y moho. Me mandó a dar otra impresión para los jueces. Pinte las paredes, desplace los muebles, busque el ángulo de la luz. Eso hice, decorar la casa con jarrones, arrancar flores y cuadritos de paisajes agrícolas comprados en los mercados de pulgas sobre la Loire. Armarles una habitación para los dos, aún sin camas marineras pero con buenos colchones, a los chicos les gusta eso, saltar de un colchón a otro, los paquetes de sus regalos sin abrir sobre la cama sin usar.

Entre cada visita, qué se puede hacer, madame la abogada de oficio, esperando que pase el mes, qué se puede hacer, preguntaba como en un canto de una escena luctuosa que no se termina, como el aullido de un terminal, qué qué. No me llame tanto por favor y menos fuera del horario laboral. ¿Qué puedo hacer? Haga lo que sienta, pero no se acerque a su domicilio. ¿No me puedo acercar a cuánto, madame? No puedo responderle cada inquietud, estoy en tribunales, en audiencias todo el día, tengo otros clientes, pero seamos razonables, ¿sí? Básicamente no puede acercarse a su village, manténgase por estos meses a unos 10 kilómetros, así sabe que no va a equivocarse en el cálculo. Ármese mentalmente una línea infranqueable, una larga línea mental de 10 kilómetros. Si infringe la restricción, pesará sobre usted para revocar la sentencia y si su caso queda firme, madame, bueno, el tribunal de casación no será una salida para su caso. ¿Qué caso? No me haga explicarle toda la dificultad de su caso, no me haga gastar el doble de energía en usted. Por última vez, no es mi única cliente y no puedo representarla si no estamos alineadas en un mismo combate que será largo y costoso pero que puede que ganemos un día. Seamos razonables y tengamos paciencia, ¿de acuerdo? *Au revoir*. Seamos razonables, me dije cruzando el viejo puente colgante de la Loire, tan hermoso con sus cadáveres dentro que un poco lloré. Si alguien me viese en este instante de seguro pensaría que lloro por lo desgraciada que se me ve. Tenerlo todo y ser desgraciado, no tener nada y estar exultante, todas las combinaciones maliciosas posibles y más. Una vez conseguí el teléfono de su casa y algunas veces llamé de madrugada y corté. En esos días a la espera de la visita de cada mes, qué hacer, trabajar de lo que sea en blanco para conformar un dossier más sólido, urgente. Tener casa, auto, trabajo estable, ficha de pago, vida social, entorno favorable y recursos. Entonces la casita decorada, las fotos de la habitación de los chicos, la ropa nueva comprada y el contrato en blanco para trabajar en los viñedos. Todo el año, sembrado y recolecta. Enviado todo a la abogada de oficio, adjunto en el mail, firmado y escaneado en el negocio de informática con impresoras del centro. Pero ¿qué más? Nada, señora, dijo la secretaria de la oficina del tribunal de familia, se lo digo por última vez, ya no estamos con paciencia, espere, todo lo que haga de ahora en más la lesiona. Pregunté en el Centro de Ayuda Psicológica y Social de Cosne. No hay nada más que pueda hacer, está en lista de espera, llegará una fecha de audiencia. ¿Usted podría llamar a la corte o al tribunal para preguntar cuánto tiempo falta para la convocación? No puedo, y sobre todo guárdese de que no haya nuevas denuncias o pruebas en su contra. El resto del tiempo puede entrenarse, ¿practica combate? Me transpiran las manos, no puedo dormir, solo puedo comer hasta descomponerme y quedar encallada. Vaya a ver a una profesional, a un comité de ayuda, haga algún trabajo manual en grupo, ya fui a esos lugares, en medio del colapso ajeno siempre me levanto, pido perdón y salgo.

No se decide nada a lo largo de una vida, uno va siguiendo con debilidad la propia vida por los caminos que te van indicando, la vas tratando de alcanzar sin firmeza siempre a unos pasos de caer en un barranco, pidiendo ayuda a la persona equivocada, haciendo autostop en una carretera peligrosa, huyendo de donde había que quedarse, quedándose por error. A lo sumo se alcanza la vida unos kilómetros como una maratón nocturna al lado de un tren de carga, no se puede pedir mucho más. Tampoco se decide nada de la vida sentimental, esa adrenalina que progresa, esa lava fogosa. El matrimonio largo, el amor en un camping vacacional, las pasiones incestuosas, en un geriátrico, en un asilo, en un centro de cuidados paliativos, en un lugar chic para la eutanasia, la mayoría dirá lo mismo con las mismas palabras: que se muere sin tener noción. ¿Qué vida les hubiera gustado vivir, señores? Ni idea. ¿De qué se arrepienten, señoras? Ni idea. Podríamos hacerlo todo de nuevo y todo saldría de otra manera. Naciendo en la misma cama, de la misma mujer, el mismo día, del mismo año, otra vida. Podría no haber nacido nunca y todo sería igual. La misma casa vecina con su alero, sus topos y sus grosellas, los mismos árboles y la misma manera de talarlos y quemarlos al comenzar el invierno. El mismo campo prolijo y blanco, a lo lejos nevado, de cerca pequeñas heces de conejos. Nadie pudo responder a una pregunta muy simple: por qué eligió una vida en total soltería, en acumulación de divorcios, o en un matrimonio que llega a esa pulseada final de quién cae antes en picada. Otra vez pienso en este desplome de tonteras para que pase el tiempo mientras levanto y enrejo las uvas, enderezo las estacas, tenso los alambres y clasifico los cogollos. El supervisor, sobrino del dueño, fiscaliza. Vamos saltando de cama en cama, de silla en silla, en terapia intensiva, en el salón donde juegan a las cartas y todos alzan los hombros. Finalmente la amnesia hace el trabajo sucio que nadie quiere hacer y barre con todo. La mayoría muere en babia, por qué tomó ese camino hacia allá y no para el lado opuesto, pueden recordar hechos, cuando desertaron de la milicia, cuando se enamoraron de una menor y se veían a escondidas en el granero, pero no recuerdan por qué ni cómo, si tenía trenzas, si tenía el cuerpo disminuido de una cría, qué los llevó a tal grado de debilidad mental. Me sigue supervisando, tampoco soy su esclava para que mire cada una de mis inclinaciones, siglo XXI, eh, le digo, siglo XXI. Cruzamos el canal a pie, en motociclo, vamos para el despeñadero o la cascada, errando siempre pero hasta acá llegué yo, de tanto pensar estas tonteras abstractas e inservibles no pongo precisión en mis movimientos. Se hizo la hora de fichar. Disculpe, todo bien, hasta mañana. Tampoco puedo tener señalamientos en el trabajo, ni llamadas de atención del director, todo conforma mi perfil.

Decido volver a andar en bicicleta, la compré de oferta y tiene varios cambios y luces para la noche más cerrada, a veces me veo de frente, un jabalí con ojos neutros y yo en la negrura total. Una vez, cuando tenía a los hermanos los llevé esquivando lechuzas y murciélagos, íbamos a los gritos limpios los tres. Una vez me preguntaron en medio del campo si era cierto que mientras duermen tragan arañas. Ya salieron del colegio, sé lo que están haciendo, lo que deberían estar haciendo. Llegué a esta edad sin pulsera electrónica, no quiero verme un día en la barra de una cantina en Sancerre contando a los enfermos que lo que me llevó a esta debacle, a este organismo deshidratado, lo hice un día sin darme cuenta, que trunqué mi vida. Ando en bicicleta por los médanos resbalosos, ya hace frío, los cangrejos y caracoles al resguardo. Imagino lo que tienen puesto, los suéteres rayados o a rombos de esta nueva temporada comprados por la abuela, sé cómo los abriga como cebollas, las camperas inflables que nunca quise que les pusiera. Ya salieron, ya los mandaron a lavarse las manos, ya se sentaron a la mesa, ya les cocinó sus huevos poché, ya están mirando la televisión en la sala de juegos, el abuelo removiendo los destellos de la chimenea. Miro las plantas y los tallos largos crecer debajo de la arena. El mundo es demasiado vasto, tierra de auroras boreales, fiordos, valles de tundra, salares, témpanos y golfos, pero a su vez, es tan diminuto el mundo, tan estrecho, un pasadizo corto como mi casa de alquiler, un village con iglesia y correo postal. Una rotonda para el borracho que da vueltas la cara en sangre. Ya debe estar amaneciendo, ahora sí. Que amanezca, que vuelva a amanecer varias veces en una misma mañana, faltan todavía cinco días para la colisión. A veces imagino cosas grandes, una ciudad carbonizada, La Charité-sur-Loire bajo llamaradas, la cerilla grisácea sobre las cabezas de mis hijos con pelo gris.

Ya es la hora, los dejan en la entrada del colegio, faltando cinco minutos para y media. También me pidió mi abogada que custodie el vocabulario en presencia de la asistente social y los empleados del centro, exagresores en pasantía de rehabilitación civil. Nadie va a notar si paso delante de la reja, si espío cómo le dan un beso al padre, un besito a la abuela, cómo tiran los chicles rosas que yo les regalé. El padre no les deja mascar en la escuela, yo se los di para los bolsillos internos, otros les dan cuchillos de cocina de 35 centímetros. No se van a dar cuenta si estaciono por allá. Me late el corazón, qué afectada, pero pude verlos entrar con las mochilas cargadas, yo no quería que las usaran y les había encontrado unas con rueditas, la abuela insistió, fueron los días de los primeros rasguños, los días de las primeras advertencias. Los vi, los vi, es el efecto en el cerebro del que te vuelve loca, cómo decirlo mejor, un estado de regodeo, es el efecto en el cerebro del senil que reconoce al hijo solo un instante como intervalo de su demencia. Los vi, eran mis J y E, los pude detectar rápido, en un abrir y cerrar de ojos, antes de que se los lleve la celadora, eran ellos entre sus compañeros, no sé el nombre de ninguno, pero los míos estaban. La próxima me subo al árbol de ramas altas y podré saber cómo están vestidos, cómo tienen el pelo, si frotaron sus zapatos. Ese día los viñedos me parecieron más empinados y me felicitó el supervisor joven por cómo trabajé: aplicada, metódica, enérgica. Al llegar a casa, bajarse un plato de fideos rojos con queso, tomar medias botellitas, salir a la puerta a ver a los perros que deambulan sin dueño y a veces tirarles un pedazo de pan, fumar como fuma mi exmarido, cigarrito tras cigarrito. Pero, en medio de la segunda aspirada, miro el cielo y pienso que ellos se están durmiendo, lavándose los dientes jugando a contar cuántos dientes de abajo y de arriba, ahora mismo les están apagando la luz, yo quiero ver eso, por qué no puedo, si fuera una lagartija debajo de un mueble los vería, si fuera una rata entre las verduras de la bodega los vería, por qué no veo nada y solo cae mi ceniza entre los dedos, póngame al menos una camarita, voy a preguntarle a la abogada si es posible.

Me despierto mucho antes de que empiece el día, soñé con algo entre un perro y un zorro, reviso la lista, las medias, los zapatos de punta, el pantalón, los colores, no tan apagados tampoco estridentes, no dar la impresión de outsider, ni animada, ni el rechazo a la vida, ni la avidez por vivirla. Camino al lugar y llego mucho antes para que no se note la agitación, la vena en la frente. El corazón tarda en calmarse después de una larga subida. Me enseñaron a aguantar la respiración y presionar como si se estuviera defecando. Me vuelvo a peinar en el retrovisor de una moto tuneada y entro a la sala. Una asistente me recibe y anota mi número y la hora en una planilla. Me indican una mesa con tres sillas y espero, las manos sobre la cartera. Les traje figuritas, chicles de distintos gustos, marcadores con olores a frutas y verduras. Llegan los tres peinados y puntuales, hace siempre lo que hay que hacer, nunca nada fuera de la ley, pase lo que pase. Degollar, pero dentro de la ley, decirse pacifista con una kalashnikov, dentro de la ley. Lo pregunté y me dijeron que no conviene, que mejor no llore, ni siquiera lágrimas dentro de los ojos, que tampoco ría, nada muy teatral, nada brusco, solo ser una mujer sentada jugando a las cartas piratas, al monopoly, al rompecabezas de cien piezas, con eso ya podré llegar a la audiencia, ¿no? ¿No que con eso solo podré requerir la decisión en la Corte de apelaciones de Bourges? Él mira sus mensajes, sus audios, prende y apaga el encendedor, suelta humo, sonríe por alguna cosa. Él tiene una hora y media para relajarse, yo una hora y media para ser madre. Dentro no puedo perderme nada, si miro la pared o el techo, si me pierdo en un detalle de la cara de la asistente, me siento envenenada, mirá a tus dos hijos, flor de mierda, los tenés ahí, ahí los tenés, a centímetros, ahora sí los podés tocar, te pueden dar un beso, hola, mamá, dicen. Hola. Te dicen que están bien en el cole, en natación, con la familia. Y armamos el barco del rompecabezas que ellos eligieron entre otros de montañas y castillos. Les doy los regalitos, los pelamos sobre la mesa y masticamos, hacemos globos, me dejan tocarles el pelo, ponerlo detrás de la oreja, me dejan hacer choque cinco, me dejan reírme de sus dientes como tostadoras eléctricas, me dejan preguntarles si tienen piojos. Les cuento que donde vivo yo se escuchan aullidos de lechuzas, no son aullidos, má, ellas ululan, me dicen, lechuzas, búhos y otras aves de la noche ululan, espero que haya anotado que me dijo mamá en diminutivo. Aves de la noche, les digo sacando un chocolate en barra relleno aunque no se puede comer, parece que trabajaran en un cabaret las aves de la noche, y me río largo, pero en seguida me repongo. Quiero ver qué más tengo en la cartera cuando detecto la punta del cuchillo, si me descubren, si me llegan a revisar al salir. Les doy unas revistas de cómics que ya leyeron, me las devuelven. Les pregunto cómo están sin mí, bien, bien, les cuento qué tenían puesto el otro día, no entienden, les cuento que los merodeé. Afuera el padre suelta la colilla sobre las flores y se dirige a la entrada, es la hora. No puedo acercarme, no puedo tener contacto visual. Les quiero decir algo pero la asistente los lleva y los veo irse con un escape.

¿De qué se me acusa? ¿Qué dice la acusación textualmente? ¿Usted no la leyó? Debería saberla en detalle. De violencia marital agravada por la presencia de los menores. ¿Qué género? Golpes punzantes, patadas, arañazos, trompadas, rasguños, lesiones con material inflamable, amenazas con uno o varios objetos cortantes no identificados, agravado por la presencia de los menores en cuestión y de múltiples testigos. Se la acusa de conductas no adaptadas, de intimidación y sometimiento a vejaciones sobre su cónyuge. Madame, seamos claras: en total hay ciento cincuenta cartas en su contra. Por otro lado está la falsa denuncia con rasguños que no pudieron ser demostrados. ¿Cómo puedo aclarar los hechos? Será bastante espinoso, hay más de ciento cincuenta voces en su contra. No son testigos, son enemigos, son aliados de él, como sea, madame, el terreno es movedizo y nos puede devorar, la puede. Una vez por mes, el demandante no quería tampoco ese contacto físico mensual. De regreso, otra vez los médanos, el curso del río alterado por la noche en cascadas, una noche otra noche como un derrame cerebral, las corrientes violentas, los pensamientos aturdidos como disparos que fallan, falsos resistentes, denunciando a colaboradores, colaboradores haciéndose pasar por héroes de la resistencia, falsas condecoraciones a caídos poco antes del armisticio. Un monumento con la lista de los caídos al lado de la única panadería donde probar una torta de ciruelas. Degusto el postre frente a la iglesia quemada en el armazón de madera, debe tener 900 años. Cómo habrá sido la llegada del día del incendio, en qué momento se habrán despertado los habitantes con olor a quemado. Ya se habrán bañado, secado el pelo, arrasados los piojos, qué habrán pensado antes del pogromo hecho cenizas, habrán hecho rounds de pugnas sin guantes. ¿A veces sin querer me nombrarán, al pasar, un nombre desconocido, se hablará de mí como su progenitora? Liquido la torta, quiero entrar a la iglesia pero está atrancada con candado y una puerta sellada, imagino a los fieles arrodillados en el Medioevo, las casas humeando alrededor. Por primera vez arranco mi auto de alquiler y cruzo a su área, llevo la guantera cargada, paso a su territorio con pasajes y túneles encubiertos, su village, su establo, su pista de karting. Todavía no es noche tupida, acelero, nunca me acerqué tanto, no hay que detenerse, no ahora en plena cruzada, del otro lado del túnel, el mismo en el que nos peleábamos rodeados de grafitis antijudíos y números de teléfono de servicios sexuales a domicilio. Bajo el puente donde me rasguñaba, me mordía, lo zarandeaba, nos agredíamos antes y después de acostar a los recién nacidos. Ahí donde los testigos juran ante la ley haberme visto golpearlo sin parar en la cabeza y autoflagelarme, ahí donde nos besamos y nació el amor. ¿Desde dónde nos veían sus testigos? ¿Estarían colgados sobre la autoruta? Ahí donde nos reñíamos para que los chicos no nos escucharan, shhh hijo de puta, shhh hija de puta, donde llegamos a tirarnos en el camino empedrado uno sobre otro. Paso el túnel y llevo el auto a paso de hombre. Camino hasta las ventanas del salón. Tres ventanas encendidas, las voces de la cocina, de sus cuartos, del lavadero. Olor a mis hijos, a su incipiente transpiración, olor a su toalla húmeda, a sus sábanas, olor a su talco, olor de sus cuerpos a la mañana y a la noche. No me ven, puedo avanzar entre el cesto de basura y la ligustrina. Una pared medianera resguarda la casa de los canales infectados de reptiles y parásitos. Me quedo en posición de largada para verlos el mayor tiempo posible. Se los nota felices, pero ya sabemos cómo es la felicidad. La asistente social lo escribió en el informe el día de la visita al hogar del tutor principal: los niños se desenvuelven bien en ausencia de la progenitora. Veo la casa de mis suegros con las luces de los veladores. En el jardín, las sillas reclinadas de hierro que yo pinté, la huerta que planté desmantelada por las tormentas de verano y mi ropa interior tendida junto a las medias negras, las largas piernas de mamá colgadas del alambre.

De regreso el viento sobre la cara helada, falsos y verdaderos moretones y rasguños en los brazos y el cuello, falsas y verdaderas denuncias policíacas con fotos, huellas dactilares y mis objetos personales en requisición. Todo confiscado, todo incautado, ropa, papeles, el último teléfono y la memoria con los contactos en bolsitas presurizadas. En la angosta casa de alquiler, como convenido a más de 20 kilómetros, pero a menos de 40 de los menores, ellos no pueden pernoctar. Yo no puedo dormir tampoco, me acuesto algo bebida, bien comida, unas cuantas botellitas de oferta prenavideña bajadas y todo absorbido como el estallido de una granada. Camino ida y vuelta en el corredor de la muerte. Ida y vuelta como fósforo blanco. Me tapo los ojos pero sigo viéndolos. Cruzo al bar de lisiados, obreros y otras inmundicias de la sociedad, tomo en la barra, cruzo de regreso. Me masturbo sin gusto, por hacer algo como dar vuelta el cilindro de la ruleta rusa. Al día siguiente recorro las inmediaciones, veo chicos con mochilas más grandes que sus espaldas, algunos con gorros de esquí me parecen ser ellos, los sigo, giran la cabeza al cruzar, me alejo para que no den alerta por acoso. Los busco alrededor de la escuela, otros a lo mejor parecen ser ellos pero al acercarse sus fisonomías son otras, como niños viejos o presidiarios. El sol blanco sobre los viñedos es un plato volador. Trabajo toda la jornada pero mal, floja. El inspector me hace un gesto para que hablemos al resguardo, sin que nos adviertan los otros de la clase obrera. Desciendo la pendiente sin tener noción de lo que voy a responder, estoy pálida, envejecida, prematura. Solo quiero llevarlos a ver autos de carrera planear de rampa a rampa, andar en dos ruedas, salirse de la pista, atravesar la cortina de fuego y bencina. Termina el día y vuelvo a la panadería y de ahí a sus ventanas, pero ya no me alcanza con ser espía, con escupir las casas de los delatores, quiero dejarles un mensaje, el mapa de una isla, dejarles una moto para cuando puedan venir a verme. En medio de la noche dejarles algo como la visita de un fan que trepa hasta su ídolo dispuesto a todo, como un donante de semen de incógnito. Me quedo dormida al acecho, y cuando despierto, ya apagaron las luces, ya se apagó el fuego. La casa de enfrente también, ya terminó la emisión de los intelectuales de los años 80 y los suegros se palmaron. Me voy esquivando los pozos de la tierra, llego a mi auto disimulado en el bosque y me acuesto en el asiento trasero. En el centro de la noche, me doy cuenta de que estoy jugando a girar el cilindro.

Los días siguientes no voy a sus ventanas, ni a su escuela, no puedo llamar otra vez al tribunal, reconocen mi voz aunque me haga pasar por otra. Pruebo infiltrarme con éxito en la piscina de la región, las otras madres de pañuelo llevan la comida envuelta en papel metalizado o en cajas de cartón, arman bolsos con antiparras y mallas, shampoos, esperan hablando en los bancos que rodean la piscina fría y la climatizada. Me compro una malla azul en una máquina, un gorro, pago unos euros y entro en total legalidad. En los vestuarios de mujeres escucho voces, no los distingo pero imagino la manera de ponerse la malla al revés, de tirar todo en los lockers, de buscar monedas olvidadas en los casilleros de metal. Cuando se dirigen en fila india a las piletas, pasando por las duchas, salgo del cambiador. Ya no tengo marcas visibles, algunos rasguños que pueden ser chupones en el cuello y los brazos, algunos golpes en pantorrillas y nalgas que podrían ser de una bailarina aeróbica, de una patinadora del equipo nacional, de una ganadora de hockey. Me zambullo en la pileta caliente. Ellos están ahí, el gorro y el agua me disimulan, no pueden descubrirme. Logro nadar en dirección contraria y recibir el agua de sus patadas, nadar a contracorriente dando brazadas, tocar el agua que me envían sus burbujas. Cuando el profesor les ordena salir, meto la cabeza pero los sigo, dos patos mojados con sus mallas tricolores. En invierno la noche aparece como un criminal antes de tiempo, me voy a pie alumbrando mis pasos con la luz del teléfono, el pelo con cloro y los ojos rojos brindo por mi osadía en el bar de los camioneros de larga distancia, camiones gigantes de carga con acoplado. ¿Cómo hacen para manejar semejante monstruosidad de Europa a Medio Oriente? Los felicito, señores camioneros, dije, y bridamos todos y cantamos todos en el bar rutero. Si les mostrara la guantera, se harían menos los lindos, pero lo dejo así. Ya casi nadie se fija en las marcas ni los arañazos, según la policía especializada no pueden venir de ninguna mano ajena. Yo nunca me arañé, oficial, declaré en la seccional, a menos que haya sido dormida, dijo un joven cadete. El ADN no miente, señora, y me hicieron un simulacro de rasguños con un policía que hacía de él. Ya no quiero ir de madrugada a la viña, la cuenta del banco casi vacía, el tanque con pocos litros, sigo esperando la visita pero sin que sacie en lo más mínimo, el bebido que solo acepta el vodka spirytus, no quiere nada destilado y vacía los perfumes y productos de limpieza de primer precio. Una o dos veces me trepo al árbol desde donde veo la reja de la escuela, el patio interior con la mesa de ping-pong y el aro de básquet, mis hijos dentro, mascando, carcajeando, las otras entran y salen, la frente en alto. Los tres cercados de agua y sal, de orfeones, de mar muerto. Nos veo a mí y a mi marido del cogote, remolcados por el village de los estanques, los vecinos durmiendo en sus camastros, los hermanos testigos oculares.

Me siento en un bar, las sillas y las tazas con telarañas, qué hombres habrán bebido por última vez ahí, busco cómo puedo hacer crecer las llamas. Elimino la búsqueda. Uno de ellos está afuera bailando sobre las maderas, al otro se lo ve tirado en el sillón con una manzana. Les saco fotos, hago videos, para algo servirán. Por primera vez lo llamo, está prohibido, me lo dice, lo sabés. Hay que esperar. Lo veo fumar, lo veo rodeado de ellos, hola. Hola. Hola. No podés llamarme. Lo sé. Entonces no me llames, sé paciente y cuelga. No cuelgues, pero ya está. Vuelvo a llamar. No te escucho bien, pero yo sí. ¿Puedo hablarles? Me obligas a marcar tu infracción. Pasan rápido los días. Ahora no están, se fueron a cenar a lo de mis padres, ellos lo pidieron porque nos vamos. ¿Cómo que se van? ¿Adónde se van? Nos vamos a hacer surf a lo de amigos en el sur. Y cuelga mientras acaricia la cabeza de uno de ellos. El resto de humo en la tierra me deja pensando. Sin dormir me recuesto detrás de los escollos de arena donde duermen los SDF que fracasaron, donde alguna vez habrá habido piratas y traficantes. Desde la ventana del altillo mis suegros ven como linces la vista panorámica, la tranquera, sus habitaciones.

Cómo hacerlos salir como ratas de una colonia escondida en un cubil, darles algo que los haga perder conocimiento, flaquearlos. Camino por los alrededores de la casa cubierta por los altos y viejos marronniers, la corriente de escarcha levanta grandes cantidades de hojas y las esparce con un rumor musical. En el corral lindero hay bidones, broza, heno y paja amontonada. Podría acercarme fácilmente por detrás de la casa desertada de la bisabuela y encender el corral. Un fuego creciente sobre la hierba reseca que tenga suficiente combustible para alertar al suegro y al marido atraídos por el calor. Prendo el encendedor y de a poco la montaña va alumbrándose, resplandeciendo, destellando, tomando altura hasta que todo el corral está caldeado. No tarda la liquidación en llegar al tejado. De a poco los veo sentir la pestilencia y salir en busca de agua y un extintor. Los veo en bata y calzones, encolerizados. La velocidad del fuego los supera. Hay que actuar. La suegra sale de su casa y grita. Entro, por primera vez después de la sentencia, la tranquera, los arbustos nocturnos que hacen de medianera, el jardín. Me muevo dentro de la casa como un fantasma, levanto al más liviano y en la confusión de las llamaradas lo dejo en el asiento trasero, corro a buscar al segundo, como cuerpos a rescatar de una emboscada fanática, y lo dejo sobre su hermano. Enseguida sus cuerpos no se parecen a ellos.

El gallo cantará en poco tiempo, a menos que haya sido calcinado junto a las gallinas y los huevos. Algunas gallinas aparecen mordiendo insectos, del hambre aspiran demasiado y después andan con pocos reflejos. El gallo deposita el esperma en la entrada de la cloaca de la gallina, si la fecunda, habrá descendencia, si no, huevos fritos. En el baúl están los regalos, la comida y la carpa bajo una bolsa de arpillera. El motor suena como una carreta comandada por caballos veteranos. Doblo en sentido contrario a la autopista, las gallinas salen de una casa vecina y avanzan por la calzada como sobrevivientes aturdidos. Las chimeneas del village largan hollín impuro, molido, todos necesitan un deshollinador pero el de la región se jubiló. Giro por el piletón donde si hubiera nacido un verano de 1877 estaría sumergiendo los calzones y mantas y tendría derecho a una vida doméstica, corta, lisa. Avanzo por la casa de dos pisos con baranda, estamos al final de los años veinte, entre esos muros se conoció una pareja justo antes de la ofensiva. Después de viajes a los Alpes y escaladas de montes como enamorados, hoy los dos con demencia senil viven como desconocidos. Se cruzan en el retrete en medio de la noche y pegan un ¡socorro! Se cruzan en el pasillo con sus cuadros de las bodas de oro y llaman a la gendarmería porque entró un clandestino a desvalijarlos. Los vecinos les llevan pan y sidra en Navidad y cada vez los vuelven a presentar: encantada, dice Lucette, encantado, dice Bernard, y nace el amor. Nace el amor, muere el amor, nace el amor, muere el amor tantas veces se conecta y desconecta en una misma vida como una red eléctrica. Avanzo hacia el final del village, rodeo un estaque pantanoso con arañas de agua y aligátor, alrededor saltan dos perros carniceros de rottweiler.

No puedo creer que lo hice, todavía no puedo creer que no esté en la casa angosta fantaseando. El viento arrasa con los potrillos malnutridos, los alambres electrificados, las crías de erizos. La nieve puede diluirse o volverse un arma letal. Antes de todo, esa noche última nos dijimos alguien saldrá herido. Él me anunció que va a protegerse y hará cumplir sus derechos. ¿Cómo?, le pregunté, ¿vas a comprarte una de aire comprimido? Voy a defenderme, ya entenderás qué es el legítimo derecho a la defensa y el principio de inocencia. Ah, el gran amparo de los culpables. Ninguno de los dos estudió abogacía, da igual, hablamos como ellos, un día nos pondremos una oficina juntos. Acá voy, una señora madre al volante como las otras con pañuelos y viandas, como las que entran al cole, salen, la frente en alto de cara al gendarme. Ya clarea, una de las últimas noches vinieron a nuestra cama, los sentí moverse desde sus colchones como inmigrantes en las embarcaciones flotantes. Se van a pique, se desinflan, nadie hizo un curso para nadar, un movimiento de pánico y todos caen al agua en efecto dominó. Si me estuviera hundiendo con doscientos inmigrantes arriba aplastaría lo que sea con tal de respirar, si estuviera atrincherada en una montaña humana y oyera a lo lejos llegar a los fanáticos, me pondría bajo otros cuerpos. Miro por el retrovisor y todavía duermen.

Manejo con los ojos fijos en cada parcela de asfalto. Manejo sin poder dejar de mirar las rayas blancas de la ruta. Una, dos, tres, infinitas rayas blancas que nos alejan. No me importa nada, los tengo, cuando se despierten podremos festejar el reencuentro de prisioneros, el exitoso intercambio de rehenes, podremos parar a desayunar, decidir juntos qué haremos de ahora en más. Cuando me encuentren a mí, si me encuentran, los traerán de regreso por el camino del acueducto de hierro sobre el canal, las barracas convertidas en asilos. Cenarán huevos recién empollados, la yema dura de células germinales, hablarán de la casa quemada, del seguro, de la reconstrucción, los arreglos, la pila de madera incinerada como memoria del crimen, de la sentencia firme. Con esto ella mostró demasiado rápido su verdadera cara. ¡Silence!, de un puñetazo les gritarán los abuelos, en la mesa no se habla, y todos comerán, el ruidito de la boca con el pan de baguete. La lengua francesa la lengua del orden, el español el chasco. ¡A dormir se ha dicho! Les dirán los suegros y sin chistar. Deben ser las seis de la mañana, o un poco menos, menos sí, la gente de acá deja los postigos atrancados hasta nuevo aviso. El auto se sacude y gasta más combustible. Los carteles alertan ante el posible accidente mortal por sueño del conductor. En la A77 no circula nadie, durante un largo trayecto por las salidas A26, A27, A28, A29, A30, no veo ni un solo vehículo, solo un bus escolar en una banquina, pero ni un solo camión de carga llevando armas a Bajmut. Al llegar a la salida A32 tomo la pendiente hacia la entrada del village Pougues-les-Eaux, estoy a 40 kilómetros de la casa y nadie se percató, sigue la tranquilidad del humo de chimenea como densas nubes bajas, como un hongo tóxico amigable. Me detengo en la estación de Pouilly, las carcasas derribadas inundan las zanjas. Antes de bajar miro hacia los costados. Frente al surtidor de combustible me cuesta llevar la manguera hacia la boca del tanque.

Los tengo conmigo, acá están, tengo euforia, no controlo nada, eso es la euforia, ¿no?, cómo algo se va a controlar, los tengo conmigo, los miro, cierro el auto, lo abro. Los miro cada tanto torciendo el cuello y perdiendo la dirección. Qué hambre tengo, empiezo a comer al volante, se me cae la comida entre las piernas, cuando los tenía siempre aspirábamos los asientos juntos, sacábamos las galletitas, las golosinas y encontrábamos tesoros escondidos, aros, juguetes, monedas. Los chicos estarán en mis brazos, largos como congrios a menos que no quieran, que rechacen a su salvador. Qué dirá la abogada, renunciará, me demandará, me venderá al opositor, qué dirá la adjunta de la abogada oficial. Todavía no tengo mensajes ni llamados, no pasó más de una hora, mis suegros deben estar envueltos en llamas.

Ya nos alejamos lo necesario para poder hacer un alto y mear. Me pregunto a qué hora darán el alerta a todo el condado, si antes no van a buscarlos por el village, incluido los aljibes, arrastrando a los demás a una marcha blanca, si antes no van a intentar negociar con el teléfono pinchado. Si antes no van a buscarlos entre los cascotes carbonizados, me pregunto si depositarán flores y peluches. Bajo a fumar, miro a J y E, repaso el momento en que decidimos los nombres. Los miro a través del vidrio borroso, están durmiendo, pero de pronto, se me va la sonrisa, es un segundo en el que me doy cuenta de que les titila el párpado y de que puede que estén fingiendo dormir, están aparentando para abrir la puerta en movimiento y saltar, atravesar los campos a los gritos de auxilio. Un granjero los encuentra o buscan un teléfono público, entran a lo de una anciana y le suplican que ubique a su padre. Me veo en el reflejo, se va mi tranquilidad, puedo sentir la desconfianza del cerdo cuando se da cuenta de que lo van a seccionar pero no todavía. A los dos les encanta el cerdo, ir a los criaderos, acariciarlos, deglutirlos. Imagino que no pueden ver que son el mismo animal, el que reposa al sol y el deglutido, pero qué pavadas pienso, otra vez en el pantano mental. Cuando se despierten, qué dirán, qué verán en mí, cuando se despierten de una buena vez, qué querrán hacer, colgarse un cartel, correr por la autoruta haciendo señas, festejar saltando en una cama triple de motel.

Las azoteas, las iglesias desiertas, todo recubierto por la primera nieve purificadora. La nieve friega las pulgas, las fetideces, los cuerpos tirados de los hurones contra la acera. Qué estará haciendo ahora revoloteando por la casa con las manos en la nuca, yendo a pie, clavándose hierros, con tics en las plantas, buscándolos como un toro salvaje, dando alerta a la comisaria, llamando a todos los vecinos para pedirles que vuelvan a declarar. Ayer mi marido comía de mi mano, metía la pelota en el aro, los dardos en el tablero y hoy la vida se le dio vuelta. Él y sus padres no los ven por ningún lado, hein, él y mis suegros no saben dónde están, hein, y sospechan, pero no quieren admitirlo, el silbido de la peor opción de todas ya resuena. Pero antes de acceder al pánico general inspeccionan todas las casas del village, los cobertizos con plumaje, los altillos con las moquetas con licor y las caves, tocan puerta a puerta.

Me siento en la cama, cientos de moscas zumban contra las ventanas, envueltas en las cortinas. Los muros, las patas de los muebles recién pintados, todo zumba como dentro de un huevo. En el piso, una capa negra grasosa de moscas vivas, en el lapso de morir. En las sábanas nuevas de la casa estrenada, moscas moviéndose sin poder volar. Recorro la casa, por el ventanal me doy cuenta de que mi suegro no apagó la luz en el altillo donde trabaja. Lo llamo. Viene de contrabando, en puntas de pie con las medias, la boca una humarada, un gorro de sol sucio en el cráneo. Le muestro el desastre, me pone la mano en la boca, qué asco, es para que no entren moscas. Vuelve con un fumigador y destructor de insectos, máscara y traje. Me entrega una raqueta con electricidad. Espero a que se cansen, cuando se detienen apoyo la raqueta, las veo quemarse, algunas con demasiadas ganas de vivir. Ahora andá a buscar los huevos de las hembras, me dice, están en la basura. Encuentro los huevos, los pongo en fila, los quemo. Lo veo tomar placer en matar, envenenar y llevarse un saco. En las ventanas y los cobertizos, dentro de las sandalias y zapatos de caucho, restos. Cómo lograron entrar, teníamos todo cerrado, le digo. No entraron, dice, ya los estaban esperando desde adentro.

El mundo es árido y blanco. Ahora sí, el teléfono suena, se interrumpe, vuelve a sonar. Quedan las llamadas perdidas. Todo se acelera como un avance en el Este, como el segundo ataque aéreo después del shock. Podría haber puesto muñecos en las mecedoras, funcionaría un tiempo, podría haberles dejado un cartel con amenazas, una bomba casera programada. Podría haber contratado un sicario por poca plata, podría haberlos atado, atado a las patas de la mesa, un pogromo. Me pregunto qué le puedo decir, si tengo que responder, si tengo que hacer como él, dejarlo con las ganas. El teléfono se me cae, veo que parpadean. Después veré qué hacer, a quién pedir ayuda, si desarmar el teléfono como los noviecitos con cara de ángel de las chicas desaparecidas. Después la policía lo encontrará en un boquete. Esto es día a día, y cuando esté cercada, será hora a hora, se resolverá minuto a minuto. Suena, freno, salgo eyectada, atiendo en la banquina. Está asustado, ¿están con vos?, escucho a mis suegros hablando detrás, pensaron que había pasado lo peor y ya se hacían a la idea de remodelar y convertirlas en garajes de alquiler para los parisinos. Le dije con una voz seca, la misma que él ayer, que se calmara o iba a cortar.

Hola, hola, hijos, se refriegan los ojos, hola, soy mami, ahora están conmigo por un tiempo, los chicos abombados, no se miran entre ellos. No se preocupen, papá se quedó con los abuelos porque se quemó una parte de la casa y yo vine a salvarlos y llevarlos a una aventura. Yo llegué en la noche para salvarlos del humo virulento, había soñado con ustedes y decidí ir a verlos, llegué justo. No se preocupen, pronto volvemos, son unas vacaciones. ¿Tienen hambre?

A lo lejos la sirena de una patrulla. Me desvío del camino hacia una ruta nacional. Se acerca lento el mediodía, los chicos miran por la ventanilla, cada tanto cruzamos miradas como rayos inflamados. Paramos en un boscaje, una mesa de madera y unos baños para los peregrinos, nos sentamos, saco unas bolsitas, ya soy una con bolsitas, galletitas baratas, papitas, una bebida con burbujas. Hay que engordarlos para que puedan hibernar, que tengan reservas, que puedan resistir largos días en ayunas si deciden escapar, si un degenerado de un garaje los invita a ver su auto fantástico. Secuestrados aguantaron 60 días sin tomar ni comer, por qué no ellos. Tengo por delante resolver dónde ir, todo deja evidencias, por un lado, habrá que pensar en borrar, disimular y ensuciar las huellas digitales, la saliva, las secreciones, pero, por otro lado, mejor mostrarse, dejar rastros, indicios de que estuvimos vivos, saludar a la cámara, hello, que me vean retirando plata en cada cajero, que me vean en la garita costera, que me identifiquen en los peajes. Saco del baúl los regalos, les digo que se den vuelta. Uno, dos, tres, los abren, son trajes para camuflarse en la naturaleza, ¿era lo que querían? Se los ponen y se meten entre los árboles.

Tarda mucho la vida en volverse real, a veces nunca termina de volverse real. Es que todo termina siendo menos de lo que pensábamos. Fantaseamos que llega un momento donde entra la vida, pienso eso en el auto, pude encontrar a las presas camufladas dentro de unos troncos. Fantaseamos que la vida entrará un día, gloriosa, despampanante, estamos convencidos de que de un momento a otro estallará, pero nunca sabemos cuándo, estamos expectantes, y sobre el final, todo era falso. Pongo *Don't Dream It's Over*, atrás las vacas echadas con los terneros, las bandadas hacia el sur, cuántas al norte a procrear y llenar los nidos. Hey now, hey now. Don't dream it's over, Hey now, hey now, When the world comes in, esta canción me lleva al calor rosado, picante de la puericia, al cuerpo sarpullido, al cuerpo lavado sin libido de los veranos de serpientes. Todo el camino con esa vaga impresión playera, estival, de arena ardorosa, de la costa con abuelos, tíos, primos y vecinos de carpa todos ya sucumbidos, de mar picado que arrastra con banderita negra triangular, de mar punzado, de olor frutado al sol, cavando pozos en la orilla. Esa angustia de los días de la costa en la ventana abierta al baldío, de niños retrasados escondidos dentro de la lona verde, de padres vivos, de hijos todavía no nacidos. Yo me sentaba con la malla corrida en las piedras e imaginaba que los tenía que parir pero no sabía de dónde. Esa época de crímenes no cometidos entre matrimonios que se sirven mate y comen facturas de los tuppers. Los chicos se abrazan hasta hacerse doler los huesos, se aman esos hermanos hasta la eliminación. Me miran con frialdad; el reencuentro de Svetlana Alilúyeva con Chrese Evans, Iósif Alilúyeva y Yekaterina Zhdanova. Van yendo a donde los llevo, a merced como corresponde. Los chicos atrás como héroes caninos, como el niño Mozart, repita, repita. En cualquier momento llama mi abogada, arma un escándalo y me pide que me entregue. Lo magnético del amor, el momento de tener a alguien a merced como en un bloque operatorio marcadas las zonas con rojo, los genitales al descubierto, el cuerpo enteramente aprovechable para una cisura, un injerto, una ablación. Chicos, les digo, y doy vuelta la cabeza, hijos, ahora estamos solos, no tienen miedo, ¿verdad?

Un cartel de madera anuncia la entrada a Prémery. Un torrente de mensajes antes de meternos en la boca del bosque: ¿me podés decir cómo están? ¿Dónde voy a buscarlos? Cuando el miedo cambia de bando, es lo único verdaderamente justo. Ninguna audición a la vista, ni respuesta judicial, ninguna estrategia, ni careo. Ese momento en que todo bascula, ¿dónde voy a traerlos conmigo? Avísame antes de que alerte a la policía. Voy manejando a gran velocidad, por querer leer sus mensajes el auto se sostiene en dos ruedas, hago la comedia, ¡no pasa nada, es un golpe nada más! ¡A vivir! Mamá sabe manejar, ¿se nota?, los chicos van agarrados. Dejarles de herencia una línea de euforia, el legado de mí. Al entrar pierdo señal, es un alivio no recibir súplicas, hacemos un alto, mean sobre un tronco carcomido por hongos y espigado. ¿Nos ponemos de nuevo los trajes? Nos desvestimos los tres en el frío, nuestros tres culos al aire como presas fáciles, de a poco nos vamos convirtiendo en follaje y nos escondemos. Después nos tiramos sobre las hojas, nos revolcamos, una cacería en curso nos espanta. Todo este tiempo que pasamos separados fue largo como una campaña de trincheras, pero ya terminó, ¿ustedes estaban bien sin mí? No saben qué decir, se hacen los bobos, los enfermos. Todo eso que se cuenta de mamá es falso. Nunca hice nada malo. Recorremos el bosque con las ventanillas y las puertas cerradas, cruzamos todo Prémery como las aguas del lago Piru. Un sheriff vendrá a buscar mi cuerpo en caso de deceso, traerá un remolque, pero antes un acechador verá a los hermanos sucios, pedir por su papá. Al salir de Prémery mi teléfono suena sin parar como una alarma para la detección de un paro cardíaco. Dónde están, dónde te los llevaste, dónde los escondiste.

Vas a perder lo poco que tenías. Dice que estuvo en el hospital de Nevers por si un vecino los había llevado de urgencia en el incendio. Le informaron que ningún niño con los nombres de nuestros hijos fueron registrados. Pidió que se fijaran, les sacó de la mano la lista con los niños de la sala de espera, los internados, las salidas, al no encontrar a sus pequeños, insultó y pateó la puerta. Corrió por los pasillos con máquinas de cafés como brebajes roñosos, ahí donde toman sopa instantánea los padres que perderán a sus hijos esa misma noche después de la reanimación. Dio un golpe al vidrio ante un hombre de seguridad que le pidió que se calmara o multa por alteración del orden en un lugar público.

Vamos los tres a 200 kilómetros por hora sin abrir la boca, tanto que después al preguntarles si quieren parar a comer, mi voz nos suena extraña y nos descargamos. Ya es casi noche, increíble, chicos, ya es de noche, me asombro; ¿no hay cole, mamá?, miren la caída de los escarabajos. ¡Miren los escarabajos como misiles! Estaciono en una zona de carpas y cabañas de madera flotante. Todo es bastante rústico, mirando hacia arriba nadie podría adivinar si la cabaña pasa las tinieblas o se desploma. Los bajo como se sueltan las cabras de montaña o ranas de huerto. Ellos brincan mientras busco el terreno donde alquilan. Doy unos pasos, un cartel hace alarde de la calidad de los árboles longevos, de castaños, plátanos, capaces de resistir 500 años. Saco del baúl la bolsa de herrajes con los parantes, las cumbreras, las cuerdas, los ajustadores y el paratecho. J y E circulan estacas en mano. Clavo algunas pero torcidas, de pronto veo a un señor dentro de una cabaña. Romain, se presenta, ¿necesita ayuda? Los tres observamos cómo vuelve a clavar las estacas en sentido contrario y entre todos instalamos las cuerdas. Caminamos abrigados con pasamontaña por el borde de un lago. La carpa flamea como barco anclado hace décadas. ¿Quién era ese tipo?, ni idea, les digo. Regresamos a pie. Qué lindos verlos comer las nueces, tirarse tomates, desfigurarse uno sobre otro, qué lindo verlos engordar, embutirse, hacerse un cuerpo fornido. Yo como con la mano, sin masticar. Podríamos almorzarnos unos a otros, llegado el caso, es una forma de vida aceptable, comunitaria y hasta moral, morirnos unos en otros. Les cuento una historia sobre osos grizzlis famélicos y cómo se tragan a los que acampan sin espray ni escopetas en los terrenos rocosos de Alaska. Les cuento las últimas palabras de esos hombres antes de morir, que son: no quiero morir. Los miro irse al sueño como esperar el final de una melodía.

ARMAND: ¿Qué dijo tu abogada de esto?
LISA: No hablé.
A: El incendio es intento de homicidio agravado.
L: Llega un momento en el que no se puede nada más...
A: ¿No son buenas las abogadas de oficio?
L: En un momento se hace algo.
A (*se oye a la suegra*): Lo va a pagar...
L: Decile que la escuché.
A: Dice que te escuchó, dice que no le importa.
L: A vos te va a pasar igual.
A: Con esto, ya sabés lo que te va a pasar.

Corto y que todo vuele, palmeras, nidos fecundos, nuestra casa a medio construir, las conejeras. El silencio fue royal en las inmediaciones, no oía ni un traquido, ni el soplo contra la lona. Me quedo detenida en esa abertura de tierra pensando en cavar un túnel. Un largo túnel, cargar kilos en sacos de tierra en la espalda durante los próximos años, cavar los tres, como una persona se vuelve loca por el oro y cava bajo su casa, bajo la casa de los vecinos, convencida de que hay un tesoro. Nos comemos la arena para que nadie sospeche, armamos las viguetas centrales con palitos de surimi y huesos, soportamos las descargas eléctricas por las inundaciones y las conexiones eléctricas de las bombas. Después excavamos nuevos túneles con ampollas en los dedos, golpes en la nuca contra las vigas. Todo valdrá la pena y después a nado por el río o en globos aerostáticos. Toda una vida milimétricamente para irse.

A: Quedó todo demolido.
L: El viento.
A: Lo que dijo el juez.
L: Estoy con ellos, después te los devuelvo.
A (*se oye a la suegra*): Homicidio en grado de tentativa.
L: Todo se inflama rápido con el viento.
A: Ya está activado el protocolo, no hay mucho más.
L: La primera vez bajo el puente, fuimos felices.
A: Volvé Lisa, no hay ningún lugar adonde puedas ir.

Escucho la pelea entre el hijo y sus padres. Veo cómo una luz se acerca a la carpa como un plato volador. Llego a la carpa, la luz se mueve a medida que yo parto el cierre y los encuentro pernoctando. No sé exactamente la fecha en la que nacieron, qué día cayó, qué estación era, si llovió ese día, ojalá pudieran no crecer.

A: Tu abogada nos dijo que no puede encontrarte.
L: Yo le voy a explicar y me va a entender, es mujer.

A: Te va a servir de mucho...

L: Dame un tiempo.

A: Se ve que no entendés las leyes. Te paso con mi mamá que quiere decirte algo.

L: No quiero escucharla.

SUEGRA: La gente pasa por nuestra casa para solidarizarse, para dar testimonio. (*Al hijo.*) ¿Podés decirle a tu mujer que se calle?

A (*sacándole el teléfono a la madre*): Salí, mamá, me ocupo yo.

SUEGRO: Ser madre para esto...

SUEGRA: ¿Cuánta plata quiere?

A: Ya está, Lisa, da media vuelta.

SUEGRO (*sacándole el teléfono al hijo*): ¿Es un problema de papeles?

A (*sacándole el teléfono al padre*): Estamos todo el día acá sin dormir.

SUEGRO: No podés circular con mi auto.

A: Es mi auto.

SUEGRO: Lo pagué yo.

SUEGROS: Lo dejaste ensangrentado.

A: Fuimos a la guardia.

L: Pero vos y yo sabemos que no es cierto, que hubo risas, que estabas feliz.

SUEGRA: Decile a tu mujer que se calle.

Un murciélago se cuelga de una rama y se duerme.

Abrimos la carpa, sonreímos al agua, juntamos moscas negras con los pies desnudos, algunas entre los dedos. Hacemos una montaña y las tiramos al agua. Las vemos navegar abriéndose paso, boca abajo, otras ya en el fondo, alguna moviéndose con el peso del oleaje en contra como barcazas. Nos acostamos a comer las últimas sardinas y pasas de uva. Nos chupamos los labios, estamos engordando a un ritmo veloz, pero qué otra cosa se puede hacer, de qué otra forma festejar. A nuestra espalda saltan topos y puercoespines tan hambrientos como nosotros. Siento el movimiento de sus patas en la tierra, desconfío de los castores no amaestrados. J propone adoptar un puercoespín para el resto de la aventura, yo prefiero una ardilla de copiloto, E prefiere un cobayo. Jugamos a un juego, el primero que pasa, nos tiramos sobre él, el que logra atrapar una pata elige. Propongo buscar una red, los dos perquisicionan el terreno. A lo lejos veo un hombre que camina en mi dirección pero con la vista hacia otro lado. Mientras se acerca los hermanos buscan alambres, algo para fabricar la trampa. Se presenta como el capataz del predio, de su pantalón cuelga un juego de llaves de carcelero. No sabía que esta tierra tiene dueño, le digo, tiene aspecto de empleado vitalicio, es de la Comuna, madame, pero yo la administro. ¿Le debo algo por la noche? Tenemos que registrar su presencia y la de los menores. Están de vacaciones, en su región es zona de receso. Como sea, necesito que quede un registro. Entiendo, necesita papeles, juntamos las cosas y vamos. Tengo una pequeña oficina en la cabaña adelante, claro. El hombre se aleja con las llaves sonando como un carillón en el cuello blando y torcible de un bovino. Reúno nuestra ropa dentro de la carpa y la desarmo como los vendedores senegaleses cuando gritan police frente a la Torre Eiffel. Hacen un hoyo, solo tienen que esperar al roedor para atacarlo con los brazos en forma de tijera. Rodeo el predio dando la idea de que voy a la oficina. El hombre levanta el brazo en señal de espera, me sonríe, acelero en el terreno verdoso, corto el camino y paso a toda velocidad frente a la cabaña.

Escuchamos never ending story, aaa aaa aaa, never ending story hacia el noroeste. Pongo mal los cambios, los chicos se ríen de mi manera de manejar. Un rapaz nocturno, miren, es una anomalía de la naturaleza, deberían moverse de noche, planear al ras y oler todo lo que se mueve, ahora no está en su hábitat. Tiene un ala menos, mamá, un ala cuelga de su cuerpo, ¿le dispararon?, ¿por qué van a dispararle? Es un mal agüero, una harpía. ¿Qué comen estos bichos? ¿Nos va a atacar? Cogote y carcasa. ¿Si nos acercamos nos ataca? Me gusta verlos tirarse de las ventanillas como toboganes de agua picante. Nos quedamos viendo cómo se desprende el ala y cae a nuestros pies, la lechuza se sacude, da vueltas sobre nuestras cabezas, de pronto sobrevuela a poca altura buscando una presa roedor y musaraña. La lechuza se despliega y, ohhh, ¡es mucho más grande, es un pavo real, un águila! E tiene miedo, la lechuza silba, chasquea el pico y comienza a mover la cabeza furiosamente, la cabeza y el pico pesados de la lechuza se sueltan. Nos metemos dentro del auto, no tendríamos que habernos detenido, dije, soy inconsciente. ¡In-consciente, mamá in-consciente! cantan, pero no es mi nombre, eh, les digo. ¿Ustedes sabían que cuando yo nací no me llamaba mamá? Yo no me llamo mamá de nacimiento. ¿Y cómo te llamás? ¿Tenés otro nombre? No voy a decirles por el momento, pero podemos ponernos un nombre para el viaje. No pueden creer que nací siendo otra. El resto del camino buscamos nombres para cada uno, Johnny, Clarece, Stalina, Billie, Claus, Lev, Lje, X.

Estaciono en un camino paralelo, lo esencial es que no parece peligroso. Tampoco es que estamos a salvo, siempre puede aparecer un fugado de los centros de desintoxicación con una perica sobre todo acá donde los psiquiátricos están disimulados tras bejucos y donde reina el odio al odio, odio al odio y a dejarse decapitar sin chistar. Apago el motor. Qué motor ruidoso, por fin escuchar las borrascas, el inicio del tornado. Salgo al frío, los desabrocho, se hicieron pis, todavía no controlan con el movimiento, busco calzoncillos con dibujos ninjas y cohetes lunares. A veces se los pongo al revés y tienen cola adelante y pito atrás, si cambié diez veces los calzones desde que dejaron los pañales es mucho, siempre eso de que los pongo al revés, dejá, vos los ponés mal, y otras manos se ocupan de sacar la piel amarilla. Qué ternura, uno le pasa la ropa al otro, un cuerpo va extendiéndose en el camino vetusto que le allana el otro. Envuelvo la ropa meada en una bolsa y la meto en el baúl, mañana encontraremos un lugar donde cortarnos el pelo. Imagino a uno que se encuentra en un pelotón de ejecución delante de la fila de gendarmes con fusiles. Es la última hora, hay que escribir un testamento, imaginar la cara de tu madre al recibir las palabras de tu ejecución, las palabras, tres o cuatro, de tu disolución. Ya está, te disipaste, te volatilizaste, no estás, no sos, no fuiste, no naciste. Pero ni el adiós se escucha, adiós. Justo antes de ser conducido al paredón, lo llevan a su celda. Imagino ese estado de descontrol neuronal, de torcimiento, de pérdida de espacio zafral. Imagino una celda con cuarenta prisioneros viejos todos condenados en el pasillo mortuorio, imagino un teléfono ingresado de manera clandestina, esos llamados hacia la vida de afuera, hacia la salvación a último minuto, las voces de los que viven al sol. ¡Nos van a ejecutar a todos, a todos!, dicen encapuchados desde la azotea del penal. Imagino el día de la salida de un detenido después de una condena rusa, sesenta años en un agujero, su veredicto de fusilamiento cae en el último minuto. El hombre camina paso a paso en la vereda bordeando el paredón de la cárcel con una euforia de otro mundo. Como un chimpancé de laboratorio nacido para experimentos el primer día que ve el cielo.

Los vidrios se empañan con los soplidos del sueño, parece un auto sellado. Cierro los ojos y vuelvo a ver el incendio. Hasta dónde habrán alcanzado las llamas, habrán rozado las nubes. Armo el primer cigarro sobre el capot pensando cómo robar víveres de los supermarkets de las periferias. A lo lejos la autopista con el tráfico de camiones y la mercadería del Este, ellos se saltean todos los controles hacia la guerra. Detrás, densos bosques blancos con jeringas, mantas donadas por el Comité Internacional de la fanática Cruz Roja. Siempre me atrajeron los que no tienen seguro médico, el auto robado o comprado en negro en los campamentos de gitanos, no pagan el alquiler, borran su nombre del buzón del correo, queman cables y pastizales, manejan por las pequeñas rutas de campo a las tres de la mañana y roban en las máquinas de pizza de los autoservicios. Viven una vida entre muros, campos alzados, saliendo como los mapaches una vez que todo se amortigua y nada brilla. Ya recorrimos la mitad del país pero todavía en su ratio, en la mira, los abuelos incestuosos, digo, afectuosos y los vecinos mano larga. Busco el teléfono en la guantera, todas llamadas perdidas.

A: ¿Dónde los cargaste durante la noche?
L: Solo dimos vueltas. En la próxima parada, tiro el teléfono.
A: Todavía podemos negociar.
L: ¿Qué?
A: Puedo frenar la denuncia y tu expulsión.
L: Ayer dijiste que todo estaba probado.
A: Tienen que volver a su casa.
L: Ayer dijiste que era tarde.
A: Estás haciendo lo peor.
L: No estoy haciendo nada más que pasear.
A: Volvé antes de que te atrapen y te expulsen como fichier A.
L: Si vuelvo, ¿pueden dormir conmigo unos días a la semana y me das el divorcio?
A: Me hacés reír.
L: Siempre reíamos juntos. Éramos felices, hasta cuando éramos infelices.

A: No sé si éramos felices.
L: Creo que sí.
A: Todo el village está movilizado con carteles, flores, peluches.
L: ¡Ahh, los peluches!
A: Te llevaste algo que no es tuyo.
L: Me parece que me lo decís para seguir hablando y que puedan localizarme.
A: Además está el cargo por deflagración. Está todo el village en shock, las gallinas y conejos del vecino están muriendo unos tras otros.
L: ¿Será por el veneno? Siempre me dio miedo el veneno, cuando nos mudamos al campo revisaba los fondos de los vasos y usaba mis propios cubiertos.
A: Los vecinos están en la puerta, vino el intendente que no va a ningún lado, ni por las cruces esvásticas.
L: ¡Las esvásticas!, cobertizo por cobertizo, valla por valla, pero dijo el intendente que una esvástica no era algo intolerante de por sí.
A: Yo no me meto en política, Lisa.
L: Y no las borraron todas, dejaron de tapar porque se terminó la pintura blanca.
A: ¿Qué te dijeron que digas?
L: Nada.
A: Nadie te puso nada, vos sos tu propio veneno.
L: Buena idea.

Estampo el teléfono, él oye una caída, mi Dacia Logan blanca cayendo a un precipicio y después una sordina turbulenta. Los tres en el auto cincuenta metros bajo algas oscuras.

La mesa estaba desplegada para tíos y primos. Todo se preparaba hasta el detalle de las polillas en los canteros. Nosotros en la casa de enfrente en una mañana difícil. Una primera vez nos llaman los suegros para que vayamos a ayudar a traer leña, decorar, calentar las salas inutilizadas, habitaciones heladas como refrigeradores de tapices descoloridos. Pero nosotros estábamos metidos en la cama, todo había empezado con un suave chiste, una piedrita que gira en los Alpes, un tonto chiste sobre mis lunares judíos del pecho y la espalda que degeneró al punto de no poder salir de las frazadas. Mis suegros llaman por teléfono a su hijo una vez a las diez de la mañana, dos veces a las diez y cuarto, una tercera vez a las once y es el límite, la línea que no hay que rebasar el día de las visitas. Mi suegro de dientes soldados con pegamento y ropa indigente se acerca. No tiene llaves pero entra de alguna manera, por algún hueco, un pozo, como los roedores. Lo escuchamos en los pastizales con sus botas a las rodillas y lo vemos espiar en cada ventana. Siempre olvidamos cerrarlas por la noche, nos tapa-

mos hasta los ojos. ¡Hijo! ¿Están acá? ¡Hijo! Grita rodeando la casa, ahora desde el jardín, ¿te pasó algo? ¿Te hicieron algo? Nosotros teníamos vergüenza, dos púberes descubiertos en el lavadero desnudos. Podíamos sentir cómo el suegro avanzaba sin recular entre malezas, en cuclillas, en cuatro patas. El suegro busca una escalera de dos metros, tira el cigarro mentolado, escuchamos la implosión y la caída dentro de la chimenea. Escuchamos el golpe dentro del conducto y cae por el tubo cubierto de tizne. Es un excéntrico, dice el hijo, mamá tiene razón que no está para vivir fuera de un establecimiento. Venía intentando tirarse desde que nos mudamos y nos instaló todo, cables, gas, interruptores, secador de ropa, lavaplatos, tanque de agua, fosa séptica y ahora se animó, realmente es como dice mamá. Nos cubrimos, vamos a la sala y lo encontramos tirado, una sustancia negra y grasienta le cubre la cara y los anteojos como un carabinero. El hijo le pega unos cachetazos y reacciona, el antojo corrido. ¿Por qué no me respondías hijo? Tu mamá está en estado cuatro, tu mamá dijo te necesita a su lado. Lo ayudamos a levantarse. Yo fui la que mientras el hijo buscaba leña y calmaba a la madre le desinfectó las heridas.

Los chicos levantan la cabeza y ríen. Coucou, me escondo, me ven y ríen. Coucou. La ley es un error, si el bebé en un ataque está afuera, es homicidio, si el bebé está adentro, como feto, no hay inculpación. Pero si tuvo un latido afuera del cuerpo, es asesinato de persona, pero si nació muerto, entonces no hay asesinato, limpio como una hoja, el verdugo a casa o pasantía de reeducación. Tomo la autopista hacia el noreste. Por todo el camino el cartel en amarillo: Peligro de adormecimiento. Recomendamos instalar el anillo antisomnolencia que registra el pulso cardíaco: al primer síntoma, vibra, al segundo, suena en aumento. El village queda atrás a escala miniatura. Un village del siglo XIX para alienados crónicos con experimentos que ni en París se atrevieron a hacer. Una gran sala de psiquiátrico con camillas, granjas, alfalfa y gallineros. Los trastornados pastan, recogen frutos secos y miran las estrellas. Me espera una larga noche, abrir los ojos para no cabecear, fijar un punto en el tubo noctívago y avanzar hacia Finistère. Las comunidades balnearias son más antisociables, más reacias al palabrerío, menos chusmas. Nadie es capaz, ni las autoridades locales, ni los vecinos con casas heredadas de varias generaciones de decir qué pasa adentro de las fortalezas que dan a la rompiente. Todo transcurre en el más estricto pudor durante la crecida del mar, ahorcamientos, estrangulaciones, etc. Manejo en silencio, carteles luminosos con flechas titilan hacia un costado y nos indican que hay que ir a la derecha. Paso reduciendo la velocidad, un agente me pide que acelere con un movimiento de la mano, mira mi patente como si la anotara: CW339TX. Ando en un Dacia Logan blanco, una mujer adulta, con sus mellizos dormidos, no veo qué puede despertar sospecha. No sé por qué tengo que tener cola de paja, puedo abrirles el baúl, prenderles las luces de los asientos traseros, mostrar la guantera, puedo dejar entrar a los pastores belgas antinarcóticos. No hay radares, en la rotonda tomo la primera salida y continúo por la D26 y la Grande Rue, paso por una zona de obras. El primer circuito de la etapa 1 está hecho. Parece que manejo a los tumbos, sin ningún sentido, Auzits aux Monts d'Aubrac pasando por Salles-la-Source, Sébazac y Bozouls antes de descender sobre el Vallon. Esto no va a detenerse, yo se lo dije, cuántas veces. ¿Ni con más hijos ni huyendo juntos? Y volvíamos al túnel, el amor bajo tierra, a las escenas que volvían durante horas. ¿Qué nos dijimos? No lo recuerdo, los insultos y las amenazas en bucle. Quiero que tengamos una caja de ahorros de pareja para la tercera edad y la jubilación y una para los mellizos, cinco euros por día alcanzan para que a los veinte puedan alquilar un piso en alguna periferia. No va a resultar mucho más tiempo esto, pero nada, la manta de la negación. Realmente en la vida no hay ni el más mínimo indicio. Rebobinás la cinta con gente en un ómnibus, la gente acostándose un viernes por la tarde, un soplo antes de la carnicería y no se ve nada, solo unas pocas horas después, las camas de los niños ensangrentadas. La vida es un campo liso, sin pitones, sin granadas, sin el cielo y sus fulminaciones, solo maíces y trigo, estaciono en la banda de emergencia naranja con el 112.

A: Lisa, no tenemos con quién compararnos, nosotros no tenemos nada que ver con nadie, de verdad, hasta en el túnel éramos un poco felices.
L: ¡Somos los incomparables!
A: Pero haber sido madre para esto.
L: Y vos haber sido padre para esto.
A: Y haberme casado para esto, no me lo esperaba.
L: Yo tampoco me esperaba ver en lo que te convertiste.
A: No me convertí en nada, soy el mismo.
L: Es como una conversión religiosa, de repente le pertenecés a dios.
A: Secuestro, tentativa de homicidio, antecedentes de violencia de género.
L: Vos hiciste algo mucho peor.
A: ¿Por qué me odiás?
L: Yo los hice, es fácil.
A: Y los perdiste. Sabés que aunque estén ahí, no son tuyos.
L: Cuando daba el Pico de LH, ahí tenías que salir corriendo en vez de esconderte a jugar.
A: Sabés que me cuesta decidirme.
L: Ni te movías, a propósito, adentro sin moverte.

A: Traté de hacer siempre lo que me pedías, de hecho, eyaculé.

L: Pero no los querías, yo era la única que quería tenerlos, recuerdo cuando dijiste que no los querías, que era un fardo doble, como ingerir cápsulas de cocaína.

A: No cortes.

L: ¿Por qué ahora me los sacan?

A: Volvé y nos vamos.

L: Dame el divorcio y los compartimos.

A: Voy yo.

L: Voy a denunciarte también, hay una lista de crímenes sin sentencia firme.

A: ¿Te crees que me siento orgulloso de mí? ¿Te crees que me gustó hacerle eso a la madre de mis hijos?

Ninguno de los tres dijo que se había tirado por el hoyo, solo que se había resbalado en la cima de la escalera, así la suegra no se la agarraba con él. Nadie nos creyó, pero de eso se trata mentir, no de que parezca real, solo de no decir nunca la verdad. Comimos quesos grasos con moho y un conejo atrapado en la verja. La noche anterior a las visitas yo me había desvelado y vi delante de mí a un grupo de liebres pardas y amarillentas. Vi los músculos de sus piernas abiertas y mi suegro como un galgo, como un lebrel. ¿Qué hacías ayer a la madrugada en nuestro huerto? No fui yo, dijo. Pero si te vimos, papá. Me pareció que se estaba quemando el corral y fui a ahogar las chispas. Ahí se puso a correr y a pisarlas, se resbaló pero logró atrapar a la más rechoncha. La colgó de un arnés, la vació en sangre, le cortó el rabo, los corvos y se la regaló de sorpresa a la suegra. Ella se despertó, la vio tendida en su almohada y la acarició. La liebre fue preparada con salsa de cazador, zanahoria, perejil y laurel.

Todo lo que se dice del amor está mal. Todo lo que entienden o dicen entender, mal. El amor es una compensación, una venganza. El amor son cientos de monos agresivos que saquean a los creyentes en la puerta de un templo budista. Cualquier madre a la que le cortan las manos de los hijos o los llevan del otro lado del muro, hubiera hecho esto y más. No digo madre porque no es una prueba de amor. La ley no entiende, los jueces no entienden, o hacen de cuenta que tienen problemas cognitivos. ¿Violar está permitido como variación del amor desenfrenado pero secuestrar al amado, no? ¿El incesto está permitido como efecto último y traficar, no? ¿Y hacer justicia por mano propia no es aceptado pero el robo de bebés, sí? Cualquier persona de bien debería estar en la cárcel. Un hijo tampoco es un ser que sale de otro ser, tener adentro podemos tener muchas cosas, en los laboratorios de Mississippi se les meten órganos de chanchos a las gacelas. Como esas historias de esto no puede ser real, volvíamos de un viaje soñado. ¿Qué se les escapa? ¿Por qué están en shock? ¿Qué les impresiona de las miles de millones de conexiones neuronales disponibles en el cerebro? Es lógico que una diga quemar vivos a los bebés, mientras otro pinta la Gioconda. Obviamente que puede ser que el marido diga que sale a dar una vuelta en bicicleta y se suicide a tres casas. Lo que más puede ser, lo que es, de hecho, es eso que no puede ser. Cómo es posible se desenamora, me desenamoré. Llegamos, basta de perder el tiempo en palabras, hay algo más importante que las palabras. Las altas olas contra el paredón nos dan la bienvenida, la costa de piedras se abre al paisaje marino. Les encuentro una torta rosa y dorada de plástico en la única panadería y bajamos unas gradas hasta la arena con cápsulas de huevos. Feliz cumpleaños brothers, feliz feliz en tu día, y soplan velas. ¡El mar, mamá! Ya dicen mamá de manera natural. Subimos al muelle, saltamos entre las rocas hasta llegar a la última. Desde allí vemos encenderse el faro. Me imagino trepar por el hierro, encontrar la llave y quedarnos a vivir con las rompientes. Pongo la carpa entre las rocas y dormitamos. Al despertar me miran y me dicen al unísono, ¿quién sos? ¿Cómo que quién soy? ¿Y quién voy a ser? Ninguno puede dormir, nos quedamos dando vueltas, es todo muy fantasmal. Antes habían pasado la tarde a jugar a tirarse bolas de nieve en el jardín y después habían cocinado pancakes, pero por la noche, mientras el marido fue a buscar el encargo de comida al restaurante nuevo de la región, la madre estranguló uno a uno y con lentitud a los tres hijos en la cave de su casa en Massachusetts, ese día ella parecía especialmente serena.

Las liebres bien tragadas, el aperitivo de descanso, cognac, l'armagnac, calvados, rhums viejos, como a nadie se le ocurrió tener hijos en la familia, como no hay nadie en la mesa de patas cortas, nadie con voz aguda, nadie inocente y todos acá pasaron el medio siglo vivido, todo está cerca del derrumbe. Bebemos, A no me toca cuando están los padres, tampoco me acomoda el bretel o me roza las piernas. No sé de qué hablan, la madre haciendo bromas con lo veloz de la crecida del hijo, de un minuto a otro tenía bulto, barbilla, está irreconocible o desfigurado. Contaban historias de mayo del 68, de nudismo. Quiero saber qué tengo de especial. No tenés nada de especial, no te preocupes por eso, dice la suegra, hemos visto muchas antes de vos y veremos muchas después. ¿Cómo que verán muchas después? Mi novio no se mueve, le sirven un aperitivo, se levanta y trae unas mil hojas de canela, pero esto lo tengo reservado para la mesa dulce, sacalo de acá, le dice la madre. Mi novio vuelve a llevarlas y se queda parado, sentate, dicen. ¿Tenés pecas de nacimiento? Me miro, intento cubrirme, estirar la tela, mi novio sigue en silencio, mira un caballo por la ventana. Son pecas de nacimiento, toda mi familia tiene. De espalda dice que son pecas típicas de familia de la diáspora y que así se nos reconoce. ¿Sos toda pelirroja? Hasta las uñas de los pies, dice el suegro. Papá, cortala, dice mi novio, ¿por qué no hablamos de política, mejor? Ustedes también tienen todo francés, incluso la nariz.

Extrañamos a papi, dice uno, no me doy cuenta de cuál. No son gemelos, son mellizos, lo vivo aclarando. ¿Extrañan a papi, ahora? ¿Y por qué lo extrañan a papi si estoy yo? ¿No alcanzo? Pero si estamos yendo de aventura a los médanos, a ver olas ciclópeas, les doy todo lo que alguien les puede dar, ¿por qué dicen que lo extrañan? ¿Qué chico tiene la cama en el auto, puede vivir una vida de safari, comer como en las películas al costado del derrotero y mear toda la vegetación? Son privilegiados. Los demás tienen vidas de niños, o sea, no tienen ninguna vida, si quieren divertirse conmigo les muestro mi truco para no respirar. Aspiro y ya no respiro, los dos me miran. Callac, Huelgoat, Landerneau, Daoulas, Lanvéoc, Crozon. Bajamos en una zona industrial con rotondas y hangares de máquinas agrícolas. Buscamos dónde embullar. A lo lejos, la gloria, el olimpo, un Burger King. ¡Burger! Corremos a por nuestros menús: Big King bacon & onions XXL para E, menú King Wings para J y menú Big Fish para mí. Los chicos esperan las cajitas de la felicidad dentro de un tubo con pelotero. Un padre flaco de boina junto a una nena está sentado en una mesa cercana. Cruzamos miradas. ¿Me observa con apetito o con fastidio? ¿Me quiere agarrar del cogote y meterla rápido como quien intercambia dos palabras, o se ríe de lo gruesa que soy? ¿Me ve o no me ve? Comemos, los hermanos se burlan de mi fish empanado. ¿Quién pide fish en Burger? ¡Es como un pez insolado! ¡Un pez empalado! Estoy hinchándome minuto a minuto, la panza fecundada, la axila rebosa, ellos también con sus rollitos deberán cambiar de talle, donar su ropa a los refugiados. La puerta se abre, dos policías entran, el tercero cierra la patrulla. Los chicos de espaldas a la puerta lamen el kétchup. Un hombre mira en la pantalla los números de pedidos en el ticket, el padre y la nena terminan su menú, él la acaricia con la mano grasosa. El último policía entra sonriente, los otros dos ya caminan entre las mesas familiares. En un impulso tomo nuestras bandejas y las llevo a la otra mesa. Los hermanos no entienden, los acomodo frente a él y su nena. En el momento en que los policías se detienen, somos una familia. El hombre y la nena se echan para atrás, tranquilos que no pasa nada y acomodo la mesa, vamos, chicos, los tres, que se enfría. Lindo día para un paseíto, ¿no? El señor le da la mano a su hija. Perdón, ¿la conozco? Acaricio al hombre en la mejilla, pienso que puede funcionar, el policía observa la escena en el fast food del condado marítimo, le haremos acordar a su ex. Pero todo pasa en menos de un segundo, el hombre saca con hostilidad mi mano de su cara y pita, ¿está trastornada, señora? Pasa algo acá, señor?, pregunta el policía más joven. Tengo dos opciones, pero solo veo una. Y me tiro encima de su cara y lo beso con mi lengua, y que todo entre rápido en el túnel indecoroso de la disputa conyugal. Otra opción, negarlo todo, yo no lo toqué, es usted el que me estuvo mironeando y haciendo gestos picantes, es por eso que vine a darle su merecido, con las madres no, con los menores no. Lo muerdo mientras los policías consultan por sus radios llamadas. ¿Pasa algo, señora? ¿El señor la molestó? Nada oficial, es un problema nuestro, mi marido no se controla y después la víctima es la que provoca, lo de siempre. ¡Sáquenme a esta loca, por favor! Señor, cálmese, más respeto con la madre de sus hijos, le dice otro policía. El hombre se levanta y tira una piña, los policías lo sujetan y se lo llevan, la nena queda sola y me mira, pero todo pasa a ser una escena violenta más del amor. El hombre esposado en la patrulla, los policías se piden helados de caramel. Ni bien arrancan, nos largamos. Las guerrillas organizadas de los suburbios que saquean este país con su desprecio al occidental captan la atención de la guardia civil y las brigadas, dejándonos tranquilas a nosotras las madres.

Mi abogada me soltó la mano, carta de renuncia, era tiempo. Manejo hasta la punta del mapa donde comienza la estación balnearia frente a la isla virgen de Morgat. A lo lejos un temporal cálido y seco de viento y arena, como en el Sahara, como en los altos desiertos de Arabia. Dejo el auto en una pendiente, lo vacío y les pido que se alejen. Coloco el freno de mano por la mitad, la tierra de arenilla va a ceder y caerá de punta. Mirá mamá los barcos torcidos, parece que comen agua. ¿Vamos a subir a ese ferry? Es la sorpresa que les tenía preparada. Vamos juntos a sacar los pasajes, esperen, mamá cuenta los billetes, hacemos pilas con las monedas y compramos tres pasajes de ida. Nos sacamos una foto, tenemos una hora hasta tomar el ferry. Afiche de prohibición de acceder a la isla virgen, otro cartel, riesgo de demolición de pedruscos y alud. Los chicos pasan sin problema por debajo de la cerca y se deslizan hasta la arena blanca, yo debo esforzarme más para acceder al anillo dorado. Los veo trepados a las lianas, se balancean y son dos monos albinos en extinción.

A: ¿Están en Francia?
L: ¿Por qué?
J y E: Sí papi, estamos acá, ¡somos dos monos albinos!

A: Cómo que dos monos albinos, ¿qué es eso?
L: Vayan a jugar y después siguen hablando.
A: ¿A dónde van?
L: Ya se fueron.
A: ¿Sabés qué pasará cuando los encuentren?
L: Qué cerca estamos del peligro, no pasa nada en las vacaciones hasta que se come un caimán al perrito.
A: Se comunicó tu abogada, me ofreció ayuda.
L: A tope la solidaridad entre mujeres.
A: Me ofreció encontrarlos.
L: Las mujeres odiando a las mujeres.
A: Decime dónde y voy.
L: ¿Cuántos testigos tenés?
A: Muchos más que antes. Fueron a tu casa.
L: Me lo suponía, espero que hayan regado las plantas.
A: Te llevaste cosas mías.
L: ¿Cómo te volviste un enemigo?
A: Hay enemigos en todas partes, Lisa.
L: Podés llevarte todo lo que hay en esa casa, podés quemarla en revancha.
A: Podés volver, pudimos salvarla, esta es tu casa.
L: Voy a consultar con mi abogada.
A: Tu abogada se unió a nosotros.
L: Voy a buscar otro.
A: ¿Te vas a presentar en alguna prefectura con dos chicos robados?

A: ¿Aló?
L: ¿Qué garantías tengo?
A: Todas las que quieras.
L: Tengo que consultar con alguien.
A: Está acá conmigo tu abogada, preguntale.
L: Empezamos de nuevo, pero si no funciona, ¿me das el divorcio?
A: No pensemos que no va a funcionar, te amo, ahora más que antes.

Corro sobre los médanos, me abalanzo sobre los brothers. El viento me quiebra el vidrio de un lente, lo pego como puedo. ¡Tengo algo para decirles, papá vendrá, ya está en la ruta! Oueee, saltan sobre la arena, oueee, saltamos los tres y damos vueltas en la escoria. Ahora sí, a portarse bien que viene el papi. Lo esperamos limpios y perfumados dentro del auto, entre palmas, romeras y cocoteros. Antes treparon hasta hacer caer un coco que abrimos a los machazos. ¿Y cómo sé que no venís con la policía? No voy con la policía. No avisé a nadie, no dejé rastros. Todos duermen la siesta, los postigos atrancados, ya sabés cómo es, muerte por todos lados a esta hora. Si no me engañás, podrás verlos, si no, ya sabés. Estoy yendo rápido, dos multas por exceso a la altura de Le Mans con esos controles y tres puntos menos del permiso. Habría que reventarlos a piedrazos a todos esos controles de velocidad.

Durante dos horas le hice señas para que nos fuéramos, pero nada. Miré por la ventana, no me atreví a salir sola. Claro que todo es culpa de los políticos pero los inmigrantes están cada vez más cerca de la inmoralidad de Sodoma y Gomorra, nos va a alcanzar el derrape. Ya nos alcanzó, estamos en caída libre, ya es tarde. No hay que dar tiempo a que empiece el primer chispazo y azufre del cielo. Son blasfemos y sanguinarios, pero ¿de quién es la responsabilidad? No son ellos, ellos al diablo, somos nosotros. Me empecé a sentir en un entierro, quería irme pero la única forma de salir era con él. La noche ya estaba fosca, no nos habíamos levantado de la mesa en todo el día y nadie se movía ni para ir al baño. Las vejigas y los rectos explotados bajo la ropa de cuero. Vamos, vamos, le decía por lo bajo, pero él nada, tengo sueño, salgamos. Francia está destinada a vivir amurallada. Mi suegra me escuchó y se lo dijo a la tía rapada. Ya se lo quiere llevar, pretende llevárselo en medio de la reunión, siempre con la excusa del cansancio. Las dos bastante chispeadas me incitan a que absorba alcohol y me dilapide todas las botellas en pleno tratamiento de fertilidad. No era una reunión familiar, era un meeting político, no iban a lograrlo, hacía como que tomaba, hacía como que estaba con ellas, pero en otro estado, imaginando qué pasaba con mi reserva ovárica. ¿No bebés? Estoy en tratamiento, y se sonreían. Nacemos con trescientos mil folículos pero solo cuatrocientos logran madurar y expulsar su óvulo desde la primera menstruación hasta la menopausia, qué carrera utópica y negra a la vez. Cuando de pronto empezaron a correr las manos largas de toda familia de bien. Manos como arañas pollito por debajo de la mesa. Me levanté, tenía dolor de ovarios, podía ser una pérdida o buen síntoma, mis ovarios trabajaban. No es culpa de los inmigrantes, Occidente cae, no logramos elaborar un legado, el mundo rural, pero el mundo civilizado de ellos también es asesino, todo caerá estrepitosamente. Pongan su sillita playera plegable y verán la caída del meteorito en Occidente. ¡Que deje ya de hablar tanto!, dijo la suegra, andá amor, hijo, a traer más copitas de cristal. Putin tiene razón, Occidente se derriba. Basta de Putin, quién es Putin, fuera Putin, gritó ella.

No vas a poder creerlo, estoy pasando por la playa de las algas enredadas, vos estabas celosa de mi amiga que hacía toples y ponía los pezones sobre las rocas en Montpellier. Todo está lleno de algas ahora, todo es pasado, los ahorcamientos contra la puerta una Navidad con mis abuelos en Bourges, todo es pasado, las algas en la orilla. Yo te quiero cuidar, yo siempre te cuidé, pero ahora voy a ser un hombre y seremos una familia, las familias no se abandonan, el amor no se abandona, le guste a quien le guste, ¿me oís? Sí, le digo, no más ataques cuando volvés del casino sudado, cuando tengo que ir al cobertizo a oler la ropa desperdigada en los prados. Estoy feliz de verte, yo también.

Tuvimos dos hijos nacidos en el mismo minuto, salió una cabeza, y la otra cayó fuera. Pero antes yo lo buscaba por todo el village, rogaba a cada vecino que decía que no lo había visto, solo tenemos una hora para intentarlo, por favor, ¿lo vieron en el acueducto, en la cancha de tenis, en la pista del aeródromo? Solo una hora tenemos y huye, pasaba ida y vuelta por lo de mis suegros, ella lo escondía, yo la veía deambular por las ventanas de la sala pero, al entrar, no había rastros, ella salía por el invernadero y se metía entre sus rosas y caléndulas. Mi suegra metía al hijo en el ático, veían películas austriacas de su libidinosa juventud tirados en la alfombra de piel rodeados de tocadiscos. ¿No quieren descendencia? ¿Y el apellido Fournier cuando todos agonicen? Ya paso de largo la línea de los cuarenta, si no me ayudan a encontrar a su hijo ahora, serán los culpables de mi hemorragia o desprendimiento de placenta. Pero no largaba nada, la boca metida para dentro como un desdentado. Sabía dónde lo había puesto, había muchos escondites en la casa y el hijo es un alfiler, entra en cualquier baúl, debajo de su escritorio, disimulado entre almohadones de un entrepiso, detrás de las cortinas como un mani-

quí. A las siete y media de la tarde, la cena y las preguntas: ¿qué tal el tratamiento? ¿Prende? Para dejar en claro que mi biología era un fiasco y que íbamos directo al paredón. Al día siguiente a la hora de la subida de la curva yo lo volvía a acosar y los vecinos eran sus secuaces, ¿nadie lo había visto?

Nos besamos, nos abrazamos, nos volvemos a besar con gusto ahumado. ¿Los chicos están en el auto? Mira por la ventanilla, se encandila por las luces altas, busca en el piso, bajo los asientos, en el baúl. ¿Dónde los pusiste? Tranquilo, que están. ¿Dónde es que están? Están. Pero ¿dónde? ¿Qué pasa? Nos abrazamos, nos pegamos cuerpo a cuerpo. Estoy viendo ahora mismo en sus ojos algo nuevo y es que piensa que les hice algo. Piensa que soy capaz pero no quiere mostrarlo. Pantanos y picos altos de terror, hacer de cuenta que no pasa nada para que no le salte la térmica al otro. Primero tenía que saber con qué intenciones viniste, no me podía exponer a una emboscada. ¿Me ves con mala intención? ¿Ves acá a mis abogados? Acá están, ¡chicos, salgan que papá no me cree! Y salen de atrás de una gran palmera y saltamos los cuatro. Soy feliz, dice, yo soy feliz, digo, somos felices todos, dicen ellos.

Me fui de la casa de mis suegros, me volví, paso a paso sobre mis huellas. Estaba muerta de miedo de estar sola del otro lado de la puerta, del lado de la naturaleza, los ganados y todo lo que pasa mientras dormimos, corridas, depravaciones. Cuando nos despertamos, los animales duermen, nunca nos enteramos de lo que realmente pasó, pero si alguien se subiera a una torre y viera con sus propios ojos la noche. Ellos se divertían del otro lado del cristal, jugaban a imitaciones procaces. De pronto la casa familiar era un comité secreto. No mientas, todos conocemos tus ideas sobre el tema, ¿ella es judía al cien por cien? O sea, ¿cómo cien por cien? Debe tener ancestros no puros, o mezclados, ¿no lo crees? Que hable el marido, es el que sabe, que hable el marido que se fue tan lejos más allá del atlántico para encontrar lo que tenía a dos pasos, él la eligió entre miles. Mamá, por favor, por qué te metés en mi vida. No me meto, opino. Quizás mi hijo no se dio cuenta, no es algo que se ve a primera vista, y después el enamoramiento es una fatwa. Pero ¿qué es lo que se tiene que ver?, pregunta el tío, yo tenía una muy buena amiga que era así y nunca fue un problema. Su esposa gira la cabeza como un ñandú, le pregunta de qué muy buena amiga habla porque nunca le conoció a ninguna muy buena amiga. El tío no responde. Shhh, que ella se fue pero puede haber regresado. Contanos, contanos. Déjenme en paz, ¿qué quieren que les diga? Es una chica así, sin más. Ni siquiera se nota, pasa desapercibido. Es muy bueno mi hijo, lo crié bien, buena cuna, estoy orgullosa, bravo, no hay que discriminar. ¿Ella va a una secta? Eso es cierto, dice la tía, todavía afectada por la misteriosa muy buena amiga de su marido. No digo que ella sea diferente por ser así, digo que para el desarrollo normal de una vida y para esquivar los incidentes trágicos, no será igual, todo les resultará más áspero. ¿Todo su árbol genealógico es israelita? ¿Asiste a rituales con barbudos? Dicen que se purifican en aguas antes del coito. Dicen que al primogénito le cortan todo el pito, más que los musulmanes. Dicen que se ponen pelucas que no se lavan nunca las partes pudientes, y que huelen a aceite de cocina.

No sé si es la estridulación de los grillos, el encresparse de las olas que avanzan hasta la ribera pero anochece. Salgamos a comer, yo los invito, son mi familia, aclara orgulloso. ¿Así se vistieron todos estos días? La veo a mi suegra, Madame S, lavando, secando, perfumando nuestra ropa, trayendo todo impecable, dejando la pila en la mesita de entrada, saliendo sin hacer ruido, sin que yo detecte que se quedó detrás del biombo. Me ubico en el asiento del acompañante. Los chicos entran vestidos de cualquier manera. ¿A quién de esta familia le gusta estar bajo un aguacero?, pregunta el papá. ¿A quién le gusta más que nada en el mundo bucear? A mí, gritan con euforia colectiva, a mí, aunque no saben lo que es. ¿A quién le encantaría más que nada en el mundo viajar en submarino? A mí, decimos todos, aunque ni idea cómo sería respirar en un submarino.

Todo era intensamente oscuro, pero me acompañaban los pájaros y el rezongo entre ellos. En casa me esperaban las marcas de la caída. Se me ocurrió una idea para bajar la ansiedad, hacerme otro test. Había comprado al por mayor y los tenía escondidos dentro de estuches envueltos en toallas bajo la cama. Sentada en el inodoro, mi sexo al aire, vi una sola rayita, no estaba fecundada. Preñada, abonada, como decía mi suegra cuando tuvo dentro a mi novio. ¿Será un falso negativo? ¿Tendré pocas hormonas que circulan por mi torrente, será demasiado pronto, me habrán metido alcohol en el vaso? Esperaré dos días más. Destruyo el test y lo tiro a la basura de la cena anterior, igual tener un hijo, tener dos hijos, tener tres hijos, tener cuatro hijos, como los tiranos tener mil hijos, quién mierda necesita tener hijos, lo único que se necesita es encontrar furor en algo, parir, abortar, lo que sea. Escucho la puerta, él entra bamboleándose, detrás su tío y su padre lo ayudan a no perder el equilibrio y le sacan los zapatos. Los tres me miran sin entender qué pasa, sosteniéndose uno en otro, los tres silbados del condado. ¡Llamen a la suegra y a la tía, tengo una noticia cardinal! Afuera ya aparecía como un intruso el día, entre los altos yuyos huían los venados y las culebras y nadie había pegado un ojo. Tu suegra se desmayó sobre la mesada de la cocina, me dice el tío, hay que dejarla reposar, la tía quedó volcada sobre la alfombra del salón. Dejaron a mi marido con los lienzos bajos y se fueron.

La comida gira en una plancha, vamos pescando con la mano, los buches inflamados, jugamos al veo-veo, al ni sí ni no, ni blanco ni negro, agregando palabras prohibidas, jugamos a hacer experimentos en los vasos con aderezos picantes. Jugamos al Pinocho dice, en versión francesa: De Gaulle dice, jugamos a ver quién captura el pez más gordo. Los platos van girando y nos marean. Como algo violeta, rosa, rojo, algo verde esmeralda como cactus implantados en el desierto. Los chicos se mandan todo a la boca, azafrán, curry korma, montañas de mango. Qué hipnótico es comer, como esos campos llenos de flores amarillas brillantes pero a punto de entrar en fase de putrefacción. Los chicos también comieron como coyotes, mirá amor, cómo juegan ahora a meter la mano en las peceras y atrapar los carpio koi. Salimos, los chicos nos ven fumar juntos, se meten entre nosotros como en un tubo de aireación, adentro de nuestro reactor nuclear. Les damos de fumar unas pitaditas, como antes que nadie decía nada y los niños eran chimeneas.

El auto frena como un infarto agudo de miocardio. Tira para atrás el asiento, me besa, no se ve nada, es como si no supiera a quién estoy besando, un oso negro americano. Lloriquea en la confesión sabida, lo que quería ser antes de conocerme, campeón francés de vóley, pero sus padres y yo lo desmantelamos. Lloriquea sus mudanzas al nacer, de caravana en caravana con un padre flojo, siempre afligido, el desembarco en casas rodantes en los desolados campings del Lot. Ese arroyo escondido que se llevaba al fondo a los niños que se portaban mal. Los gemidos descontrolados de la madre con tipos que no conocía y de los que solo oía las botas texanas. Padre e hijo en sillas plegables oyendo los alaridos de una madre cambiante, y después cenando los tres unidos un barbecue y botellitas de cebada en la naturaleza. A veces padre e hijo escapando al circo croata. El padre mucho más viejo, el padre soñando ser militar de alto rango, general de Aire, almirante de la Flota Estelar, jugando a la guerrilla en la carpa del circo, rogando que lo contraten. El papá que decía: desconfiá de las hembras que te hacen temblar las manos. ¿Te acordás? La primera vez que nos vimos me temblaron las manos. Lisa, cuando volvamos voy a poder comprar morteros, cal, cemento, grava y construir la planta alta, sin ayuda de nadie voy a hacerlo. El desierto caliente de mi niñez, despertarme y no saber dónde dormí, los hombres en hilera, alistados. Hay que combatir esta adicción porque después de una gota viene el sorbo, el vaso, la botella y la intoxicación por etanol. Los chicos atrás asisten al evento con los párpados cerrados al amor de sus progenitores. Llegamos al bungaló que reservó, hablar de sus padres lo devolvió a la vida. Pará ya, le digo en lenguaje comprensible para la ley, que se detenga en medio del acto, como detener con las manos palpitantes un tren a toda celeridad. Quién puede pretender eso de un hombre, dice. ¿Esto ahora es una violación?, no quiero que después vengas con que te abusé. Seguimos haciendo el amor. ¿Cómo va a existir la violación entre esposos en una cama en común bajo el mismo techo?, ¿cómo va a existir el acoso entre dos lenguas?, ya no saben qué inventar. Decime cómo eso es posible de legislar. Si existe, todo puede existir, toda forma de amor es una violación porque nunca sabemos nada de lo que finalmente quiere el otro. Además, esperá, no hay forcejeo, podría demostrarlo, es demostrable el fluido vaginal en una audiencia con peritos. Nada es demostrable, es el problema de todo, el deseo, la falta de deseo, no se puede demostrar. Terminamos la copulación reconciliados. No entendía qué me estabas pidiendo, ¿me estabas pidiendo amor? ¿No tenés voluntad?, vos me dejaste hacer. ¿Podías parar o no? ¿Conocés a alguien que sea físicamente capaz de clavar los frenos en una picada sin desnucarse?

Al día siguiente las visitas y los locales duermen durante veinticuatro horas, parece una masacre del Ku Klux Klan. Mis suegros, los tíos y mi novio duermen de corrido, apestados, el pelo grasoso sobre el cuero cabelludo. Yo duermo por intermitencias y me despierto sobresaltada pensando que el test fue un falso negativo. Revuelvo en la basura, lo encuentro, me sigue pareciendo sospechoso no ser fecundada después de tanto ardor y fuerza de voluntad. ¿Y si me está dando algún químico y por eso su espermatozoide rechaza mi óvulo? ¿Y si por eso los gametos no se encuentran? ¿Por qué mi ovocito no es fecundado en mi trompa, por qué no avanza hacia mi útero? ¿Porque tengo 40 años o más y no llega a tiempo a mi cavidad uterina y se implanta? Me quedo mirando la cara de mi novio, y cuando abre un ojo, le digo con tono inofensivo: hoy vamos a anunciarles la noticia. Él no capta, en general no capta nada, tampoco cuando está sobrio. La noticia: el test de ayer dio positivo, lo logramos, daremos un crío a este village de octogenarios. Le hago dos cafés negros. Un rato después golpeamos a la puerta de los suegros y entramos sin esperar a que nos abran. Dentro: guirnaldas brillantes, copas de coñac de Napoleón Bonaparte, los muebles rococó, zapatos de tacones sobre la moqueta, croissants en un platito de porcelana. Tenemos un gran anuncio que hacerles: un judío llegará a la familia.

Da igual lo que pase en estas horas, nada nos sirve para un juez, no hay declarantes, no hay informantes, no hay papeleo, vinimos de común acuerdo, es su palabra contra la mía, su derecho a réplica contra el mío. Cuatro personas de un mismo clan yacen dispuestas en distintas habitaciones, dirán al entrar a la casa aislada con cinta amarilla. El amor es un estrago doloso, una red de pederastas, un escándalo judicial en un tribunal de provincia. El amor es un soborno a la luz del día, una salida de emergencia con candado, pirotecnia lanzada al cielo. El amor es un itinerario fatídico, una cara alterada genéticamente. Lo tiré al río por amor. En nombre del *amor* hizo lo que hizo. La manoseaba porque la amaba demasiado, no le alcanzaba con ser padre, no le alcanzaba con el amor convencional, pero a nadie le alcanza con el amor convencional. El amor es la indefensión máxima. Me despierto al otro día, intento reconstruir el día anterior, reconstruir la discusión de la noche pasada, cómo llegamos hasta acá, cuáles son los daños colaterales, qué planes hay para sobrevivir, qué esperanza de vida nos queda. Pánico por si se llevó mis papeles y huyó con ellos. No me acuerdo ni siquiera qué nos dijimos ayer, hasta dónde llevamos las palabras, si alguno rompió un vaso en la cabeza del otro, si ellos vieron algo fuera de lo normal. Los chicos no están en sus camas pero veo su pie, duerme. Abro la puerta a la mañana fría y soleada, ellos juegan desabrigados en la terraza de madera, los abrazo, les digo que mamá los ama más que nadie, trato de que no haya actuación, de que perciban el amor tal cual es, pero no sé cómo es el amor tal cual es. El padre se despierta, los chicos corren a saludarlo, los amo más que a nadie, les dice, pero ese misil fue dirigido a mí. Desayunamos los cuatro, el bungaló tiene incluido el desayuno familiar, pasame el croissant, te paso el café, los chicos absorben la leche hirviendo, el padre les unta las tostadas, les enseña a escribir el abecedario al revés, les corta las uñas. Desastre total, dice. Estábamos huyendo, no vacacionando en una isla, le digo, ¿querías que me pusiera a cortarles las uñas en medio de la ruta? Él pone las uñas negras sobre la mesa. Pero mirá, parecen pezuñas de caballo. ¿Y qué querés decirme? Se levanta, fijate en qué estado están con la madre. No digas eso delante de ellos, no los incites. Eso lo hacés sola, te enterrás sola. Seguimos desayunando, nadie se levanta, dentro de mí un torrente, un dique vandalizado, algo imposible. No voy a poder. ¿Qué cosa no vas a poder? Bueno, te cuento, vas a tener que poder, porque si no van a volver a sacártelos, si es que no está en curso. Vos me los sacaste, yo solo obedecí. ¿Te suena la palabra obedecer? El desayuno se desarma, él los prepara. Subo a los chicos a mi auto y me siento al volante, él me hace una seña para que suban al suyo, pero arranco, seguime. Nadie se abrochó el cinturón, las puertas están abiertas, las cierro en la marcha, antes de que se caigan a la cuneta. Una voz me dice que planeemos un día marinero, un picnic, ir al acuario, a un parque de diversiones. Otra voz me dice que tengo que ir al antojo y después ver cómo se resuelve esto antes de que caiga la cuchilla de la luz. Él nos sigue, vamos en caravana lenta como un pequeño remolque con ganado. En las rotondas dando varias vueltas como un tropel al matadero, con la duda de escapar y liberar a las bestias en el camino o terminar con ellas. Le diré de olvidar todo lo de ayer, debemos intentarlo, el couple diabólico Michel y Monique, unir fuerzas. Así parecemos drogados, me grita por la ventanilla, nos los van a sacar, acá son muy de denunciar y el Servicio de la Niñez está al acecho para robarlos. No son los de los planes sistemáticos de robos de bebés, acá lo hacen todo por el bienestar de los infantes, pero es robo igual. Vamos por cualquier lado, ya tenemos hambre, dicen E y J. Ya va, ya va. Tengo la impresión de estar rodeados de enemigos por millones.

Me miran con ojos saltones. La suegra le pregunta al hijo si es verdad que se viene un judío a la familia. El hijo me mira, él tampoco está seguro de nada, yo le digo que sí, que me pregunte a mí, que la fecundada soy yo. ¿O no se acuerda de que tenemos ovarios y óvulos? ¡Qué demodé!, dijo la tía. Por suerte agregó la suegra: lo único que falta es que los lleven nueve meses estos depredadores, los hombres no son capaces de nada, menos de llevar algo en su cuerpo. Yo también pienso que los hombres somos depredadores, querida esposa, dijo el suegro, menos mal que están ustedes. Un milagro ocurrió y mi suegra se me abalanzó con lágrimas que le corrían el retoque. Nos ponemos a bailar y le enseño unos pasitos de rikudim. Y esto qué diablos es, dicen con los brazos en alto, ¿un baile tribal?, ¿una danza para la ceremonia zulú? Es rikudim, les digo y los hago bailar a todos.

Somos una familia texana, alrededor selvas y el río Bravo en la frontera con Estados Unidos. ¿Y si vamos al Centro Espacial Houston a ver exhibiciones interactivas diseñadas por la NASA? Él me mira como si de verdad hubiera perdido la cabeza y evalúa una vez más alguna acción rápida con intervención de lenitivos. La moza es sexy vestida de vaquera, oye, qué guapos están. ¿De dónde vienen? Le pedimos menús hold up y macarrones con cheddar. Me toca la cintura, al pasar, me pone el brazo sobre los hombros, vas a ver la nueva vida que te espera si podés estar acá con nosotros. J y E meten monedas en la máquina caza peluches. Un cartel anuncia los riesgos de epilepsia producidos por lo hipnótico de la máquina y sus luces fluorescentes. Van y vienen y nos piden más monedas, golpean el vidrio, se divierten intentando derribarla. Qué bueno tener hijos para tirarles monedas como la reina en tiempos de la colonia. Entre los dos logran que la garra de metal sostenga la cabeza de un rinoceronte y lo haga caer al foso. Se intentan meter por el hueco, quedar atrapados, trabajar de peluches el resto de su vida, no tener que vivir con nosotros y que un día la garra de metal los lleve con otra familia. Festejan abrazados, saltan y vuelven a la mesa con el rinoceronte en alto. Los miramos como dos chicos dejados en la puerta de la ASE. Llega la comida en manos de la moza sexy, nadie habla, los dientes de cheddar, nadie mira a nadie, a nadie le importa nadie. Somos una familia de obesos, muerdo, trago y en ese momento él me lleva la mano a su muslo que se alza. Dejo la mano y sigo aumentando el peso del deseo. Me hace una cabeceada para que vayamos para allá, conozco los baños de estos lugares. Miro a los chicos comer y reír con el rinoceronte untado. Quiero seguirlo, pero no quiero que nos miren mal, que nos tiren la puerta abajo y nos encuentren con los vasos cortados. La moza les trae juguetitos y rompecabezas. Me baja el vestido de flores explotado, me veo rolliza, qué mierda, tengo más hambre, mucho más. Trabamos la puerta con el pie, hacemos rápido, salgo con esperma dentro como un baúl cargado para un largo viaje. La mesa desordenada con nuestros abrigos, cartera y jueguitos, pero sin ellos. Los busco haciéndome la distraída por todo el local: chiquitos, chicos, J, E, J, E, los llamo cantando y haciéndome la que no los perdí, la que juega a encontrarlos. Dos encargados disfrazados de rojo navideño me miran con frialdad detrás del mostrador. Les sonrío intentando caerles bien, desorientada: ¿los vieron por acá? Uno de ellos me echa una mirada sucia. ¿Son esos? Me señalan a dos de quince que se dan piquitos con aparatos de alambre. No, les digo, ¿son niños ellos?, ¿ustedes creen que puedo ser la madre de esos dos? Si no son ellos, no los vimos. ¿No los vieron moverse por el local con un peluche? Acá no había nadie, señora. ¿Cómo que no había nadie, no vieron a dos mellizos que parecen gemelos en la máquina? ¿Qué máquina, madame? Acá no hay ninguna máquina de peluches. A sale del baño. No están, le digo, y estos me están queriendo aturdir diciéndome que no hay nada con peluches. Armand los encara, ¿vos le dijiste a ella que no hay máquina de peluches cuando estamos viendo delante de sus narices una puta máquina de peluches? El empleado sonríe, no le había entendido lo que dijo, señor. Él le estampa la cabeza contra la máquina. Los dos vamos maldiciendo por el restaurante entre los comensales, mirando debajo de las mesas, detrás de las pilas de sillas para bebés, en la cocina con los inmigrantes con gorrita de plástico y carne picada en las manos. Nos salió mal. A sale a inspeccionar los alrededores de la zona industrial y los bloques en construcción. Yo sigo en cuatro, rezando. Al fondo una pareja brinda junto a un cochecito de bebé, su mano apoyada en el aire. Si no aparecen, hurto su bebé, corro con el cochecito y nos fugamos, yo algo me tengo que llevar de esta vida. Apropiación de identidad con derecho por víctima. Él estaría de acuerdo, sustitución de identidad por fuerza mayor y listo, el bebé ni se enteraría. La parejita joven podría hacer varios más y vivir de las ayudas sociales. Ella reserva ovárica debe tener de sobra, hasta para cobrar por donar óvulos, como buena acción. Salgo del local, doy la vuelta, lo escucho llamarlos a lo lejos detrás de un cartel de autoruta. Una jirafa inflable rosa se mueve en el crespúsculo, excavadoras están detenidas entre autos de alta gama chocados. Los veo a mis J y E con el peluche comiendo porquerías del piso. Volvemos a buscar los abrigos, nos piden que paguemos y nos retiremos del lugar. El mozo se limpia la sangre de la boca.

Somos una pareja amenazada desde el exterior, al sur, al norte, al este, y en el interior somos capaces de atacarnos, de darnos vuelta. Avanzo, me hace señas de que ponga el giro en la salida con cartel de paintball. Un regalo, un festejo por el día del niño para que la pasemos bien, para fabricar alguna evocación. Para que cuando interroguen a los menores confiesen algo decente de nosotros. Pasamos horas disparando en el jardín como el asesinato del hermano del futuro rey, hasta que los padres ordenan guardar el arma bajo llave. Después de mil ruegos a su madre, los hermanitos le dicen que está descargada, que solo quieren mirar el arma de papá. Mamá, por favor, mamá, es solo para echarle un vistazo, no es para disparar. La mamá del futuro rey piensa que está descargada y no verifica. Los dos pequeños hermanos están solos en la habitación, a pesar del finísimo oído de la madre, no oye el disparo. Después dirán que mientras limpiaban el revólver aquella noche se disparó un tiro que le alcanzó la frente y lo mató en pocos minutos. Es un episodio negro en la saga de la dinastía familiar, un homicidio involuntario, ni autopsia hubo. Te quiero Lisa, me dice, y me dispara una bola de pintura en la frente. Te quiero, le digo, te quiero mucho, querer, quieren los sociópatas, yo los amo, me dice él, los amo hasta hacerme aplastar por un avión acostado en una pista de aterrizaje. Esta forma de hacerme pensar que soy yo la que pidió estar jugando en este jardín al paintball y que soy yo la que quiere volver al village y aprender manejo, que soy yo la que lo necesita para ser madre, que se arrastra por amor. Esa forma, dice él, de decirme que te violé cuando sos vos la que me prendiste el motor. Esa forma de hacerme creer que no puedo controlarme cuando él me incita a que me descontrole. Esa forma de volverme imperdonable para mí misma. Los hermanos se arrojan hasta el agotamiento, nos piden que entreguemos las armas pero todos seguimos lanzando, primero con pintura, después sin cartucho. Pum pum pum, nos tiramos detrás de terraplenes de madera. Pum pum pum, detrás de parapetos. El lugar cierra, señores, ¿entienden?, deben entregarse y pasar al vestuario. Pum pum, pum, tiramos los cuatro.

Mi falso embarazo se supo antes de lo que había imaginado por un error de las chusmas. Caminaba por el village inflando la panza con un pantalón de elástico y zapatos de caucho saludando a los vecinos que me tocaban pero sin nada dentro, salvo jugos gástricos y aire. Pensaba llevar el anuncio hasta el final, hasta de verdad estar fecundada, después nadie haría cálculos con las fechas. El problema era seguir con el entrenamiento para quedar embarazada, supuestamente ya estándolo, pero al no haber presión él tenía más avidez y no se fugaba tan seguido por los cobertizos, yo aprovechaba y levantaba las piernas durante media hora. La suegra buscaba ropa ni rosa ni celeste hasta saber lo que era, la encontré muchas tardes en su computadora buscando sobre circuncisión y posibles riesgos de derrame o hemorragia, le hablaba al hijo sobre lo bárbaro de esa práctica. Un día Gilbert, el bailarín del village, le dijo a otro vecino que vio mis tests de embarazos negativos, su perro pomerania los encontró en mi basura. Uno a uno, la pareja senil, Nadia y su hija de pelo rojo, la vecina con agorafobia que vive con reptiles, todos me desenmascararon. Se juntaron, me levantaron la remera y hubo llanto, alaridos de odio, pero también festejos por el hijo que no nacería.

A: Bueno, bueno, se va la pequeña familia, nos van a recibir como campeones de ciclismo.

L: ¿A dónde?

A: En la entrada del pueblo. No me pongas nervioso que tengo que hacer muchos kilómetros y tenemos una luz quemada. Ya imitaste a los conejos encontrados al otro lado del estanque, ahora hay que ponerse en marcha. Esta vez suben al mío.

L: Pero estaban viajando conmigo.

A: No soy yo la que en la curva de la Forêt de Prémery se estroló contra un camión y tuvieron que ir mis padres a rescatarte.

L: ¿Por qué no viniste vos?

A: No me hagas que les pregunte a ellos con quién quieren viajar.

Los tomo del brazo, uno con cada mano, dos muletas, dos zapatos ortopédicos. Armand me los saca, los sujeta fuerte y tira hacia su lado. El sol es una bola negra, solo nos iluminan las luciérnagas. No quería gritar así, no de entrada, pero lo hago, van conmigo. No podía tomar el riesgo de seguirlos por túneles y perderlos de vista en un zigzag. Los chicos dicen que no se ve nada y que es divertido, los suelto de la mano del padre. Él me acerca la cabeza para dejarme knock-out. No estaría mal morir en el asfalto de un campo de tiro. No voy a ceder, yo soy la madre. Ay, se ríe, no me hagas reír, yo soy la madre, yo soy la madre, haceme reír un poco más fuerte, eso nunca quiso decir nada. ¿En qué cabeza cabe todo lo que hiciste desde el día de su nacimiento? Vienen conmigo y en el medio, si ellos quieren, paramos y te los doy, ¿ok? Hagamos al revés, le propongo. Vienen conmigo y en el medio paro, si quieren, van con vos. O les preguntamos directamente a ellos, pero no creo que te convenga: ¡chicos, vengan, chicos! ¿Con quién prefieren volver a casa? Respondan en vez de jugar a estar aterrorizados, es aterrador, pero va a ser genial, respondan de una vez. Me agarra del cuello, hace tanto que no me agarraba del cuello que me había olvidado la conmoción de ser levantada como un cisne. Como un paso de cabriolé, como un salto de fantasía con rotación majestuoso en un estreno operístico, me sube del cuello, pasa de la inercia amorosa al acto. Mis pies en el aire, me suelta y caigo. Dejámelos, le digo, y vuelvo a casa. Volver igual vas a volver, qué otra cosa te queda a menos, que empieces a hacer la carretera de las basuras y que digas que eso es arte. Los chicos hacen galope de embolsados en la nebulosa, los atrapamos como se juntan moscas para tirarlas al fuego. Él los mete en su auto y cierra sus puertas automáticas.

Cuando por fin dio positivo, salté como una porrista, fui a correr por los arenales, celebré encendiendo velas, pero no se lo dije a nadie, ni al padre, no dejé que se filtrara y ningún vecino se percató del fin del duelo. Me salí con mi cometido y evité nuevos papelones. El village seguía sin infantes a la vista, los vecinos estaban satisfechos, así evitaban el ruido pueril tan molesto, el paisaje atestado de cochecitos y que los pederastas rondaran la zona en camionetas blancas. Usé ropa XXL desde los comienzos, pocas salidas o muy nocturnas con antojos disimulados y seguir tomando cerveza y aperitivos en público. A Gilbert le parecía raro no verme, a Nadia y su hija también que no pasara por su casa a comer chatarra y escuchar música de los sesenta, pero a todos les decía que eran tiempos de introspección y espiritualidad y todos se mojaban de la risa; tiempos de qué. Fui almacenando juguetes de niños que partieron del village y dejaron sus casas intactas, de niños ahorcados en las caves, de niños no nacidos a los que la madre adicta había preparado un altar. Fui acumulando donaciones, latas de leche en polvo, adminículos para bebé, todo en el altillo, en viejos armarios. Me iba a hacer controles en tren o hacía dedo y algún camionero me alcanzaba hasta el hospital más cercano. Cuando ya estaba demasiado hinchada lo invité a cenar y jugar en el casino de Pougues-les-Eaux y le conté la noticia en el aperitivo, la aceituna en el borde de la copa de Jerez. Le hablé de la circulación feto-placentaria, del funcionamiento del sistema cardiovascular, de que estaba fabricando un tubo neuronal. Él jugaba a la maquinita traga monedas, ey, me oís, una vida, es una vida, una vida que puede ser vivida entera, un siglo. Lo que hacés acá todas las noches no es un juego sino una adicción que abre la puerta a la delincuencia, ey, yo acá estoy fabricando bloques de tejido, músculos y dentro de poco aunque no lo creas, células de Schwann, meninges, melanocitos, médula de la glándula suprarrenal y huesos. ¿Quién es Schwann? Seguro un israelita amigo tuyo. Para darme importancia al final dije: y pronto ¡la formación de los dedos de las manos y los pies, órganos sexuales y pestañas! Esa noche jugamos a hacer fondo blanco, él se gastó todo el sueldo de monitor, estaba en shock con la paternidad igual que si se hubiera dado un palo de frente así que le dije que era uno. Pero ya subiendo al auto largué que eran mellizos. Esa noche volvimos al village tocando bocina como los moros en pleno agasajo de casorio, hasta que una patrulla escondida en una rotonda nos vio. Nos persiguieron, le hicieron soplar el test de alcoholemia muy superior a 0,8 y le retiraron el permiso.

Los tres avanzan cautelosos por un terreno descampado hasta retomar el camino del mar de Iroise, en el extremo occidental. Es un pequeño mar epicontinental, a esta hora estaba violeta, fluorescente con sus noctilucas entre tiburones. Chicos, miren el agua violeta, les dije aunque no podían oírme. No es violeta, es verde flúor, me responde uno desde mi cabeza, ¿adónde va mamá?, gritan. Lloro a lo largo del atajo de acacias y eucaliptus pero nadie va a creerme, van a decir que es para recuperar la posesión. Los sigo arrepentida de no haber luchado más, aunque me pasara por encima con su Mégane. Quiero escuchar a Cantat, *Amor Fati*, amor, imitar sus gestos masacrando en Vilna, quiero un botón de pánico, Prelude and Fugue: No. 2 in C Minor, BWV 847 me da ganas de arquear y lo apago. Tienen razón en eso, soy una falsa escritora, eso de querer escribir algo algún día no me lo cree nadie, no me lo creo ni yo. Lo llamo, no responde. Lo vuelvo a llamar. Contestador. Qué nuevo juego arma, vuelvo a llamar y apaga. Ya vaciamos la mitad del tanque, vamos a tener que parar en una gasolinera. Toco bocina, inútil, me le pego atrás, me llena de tierra el vidrio. ¡Ey! Trato de meterme de costado pero la calzada es reducida. ¿Podés frenar? ¿Podés bajar un cambio? Quiero saltar a su auto en plena carrera como en las películas de acción que se lanzan de un avión en movimiento a un acoplado sobre un puente. ¿Podés oírme? Ni caso, seguimos la carrera fuera de pista y eso que me inculpaba a mí de no sacar el pie del acelerador. Seguimos así la mitad de la noche, yo detrás echando un vistazo a la luna para que no amanezca.

A veces como una plaga cerebral pienso que no va adelante, que es una sombra, que lo perdí de vista entre arboledas. Son mis hijos, la sangre no es agua. Me hace padecer, muerdo el camino, no me deja pasar ni por la izquierda ni por derecha, baja su ventanilla, me muestra algo, no veo bien qué es, parece un arma. Seguimos así, imposible decir hasta cuándo, otra vez me muestra algo por la ventanilla, es un arma, ¿será de verdad?, ¿será de balas de goma o de aluminio? Hasta que algo lo lleva a bajar la velocidad, no tengo espacio para ralentizar, tengo que clavar los frenos. Baja a los tumbos, se aleja bajo un árbol, apenas se desabrocha la bragueta y mea bien alto. No se da vuelta, deja su puerta abierta, todo es tan peligroso como arena movediza que traga. La puerta trasera sin seguridad infantil, saco el primer cuerpo por adelante, corro a mi auto, lo deposito, vuelvo como carrera de olimpiadas a buscar al segundo cuerpo, no sé cuál es el que me falta, pero se da vuelta y me apunta con el chorro. Me da igual estar meada, no se da cuenta de que le saqué a uno, no se cierra la bragueta, no alcanzo a robarle el segundo, va hasta su auto y acelera. Puedo ver que su cara es otra, cómo cambian las expresiones de los esposos cuando están solos.

La familia entre mis piernas sangrantes. Como en una sala clandestina de apuestas o de riñas de gallos en los páramos mexicanos. Por lo bajo decían que saldría algo extraño, nadie se atrevía a decir deforme. Todos expectantes al latido, el primero, el segundo, a que tuviera todos los miembros y una cabeza proporcionada. Todos atentos al color de la piel porque mucho universalismo y multiculturalismo pero para los de enfrente. Ya en la cama vi a mi suegra inclinarse sobre las cunas transparentes, mirar a los idénticos y babear.

Volvíamos de Carcasona, los bebés todavía con el cráneo aplanado, cargamos nafta, discutíamos en la estación de servicio, no puedo acordarme de por qué, qué era lo que tanto nos enfurecía, yo usaba esos pantalones con elástico, recuerdo que me dijo que nunca sería una artista de renombre, que no era buena idea, que sería de esas que copian la realidad pero para peor, que se hacen las locas para hacer obras dementes y terminan arruinando todo, vida y obra. Los cinturones desabrochados de los bebés, el pitido de pájaros abriendo la boca a lo lejos, el ruido de una cortadora talando árboles. En ese regreso de vacaciones nos desnudamos en uno de esos hoteles familiares con cocina mientras los bebés dormían en sillitas de auto en el piso como dos huevos recién empollados. No puedo recordar por qué peleábamos a los gritos, incluso ya desnudos, yo le decía que él se aprovechaba de mí, que me hundía, que buscaba detonarme, él me decía que yo lo iba a estafar, que estaba seguro de que yo preparaba una estafa comandada desde mi tierra, quizás con mi familia argentina de la que no se sabía nada, quizás en red con la comunidad de mi religión desde Sudamérica. ¿Por qué no se sabe nada de tu familia de origen? ¿Son traficantes? ¿Por qué escuchas nuestras conversaciones familiares haciéndote la dormida? Es sospechoso que nunca hayan venido, ¿alguna vez se subieron a un avión? ¿Están obsesionados por los papeles? La cama se movía, los dos huevos también. Todo eso se licuó, lo que queda es el respaldo de la silla, una canción en el altoparlante al salir del hotel, el sol en la pared durante el coito.

Se acaba de dar cuenta, lo veo gesticular, sus alaridos, pobre, le falta uno, a mí también me falta uno, pobre de mí. Me lo robaste, perra, dice, y su boca se estira. No te saqué nada, apropiador. Todo el resto del camino me le pego como una larva. Qué poco dura todo, ahí dobla, a ver si se rinde. Baja la velocidad, increíble, maravilla, un regalo, ¿va a disparar? Contra todo pronóstico salgo corriendo con los brazos abiertos y él también, los dos autos con los hermanos separados al nacer. Nos abrazamos, a cuál tenés vos, se ríe, a J, creo, pero no sé, es que no sé nada. Al final para qué los tuvimos, cómo que para qué si es lo que más amamos, si sin ellos no somos nada, vos quisiste tenerlos, yo no quería, ahora sí, gracias por haberme obligado a ser padre, me parecía una visión de terror y gracias a vos ahora los tengo. Gracias a vos por haberme violado, si no, no sería ni siquiera madre, sería una mierda más en este mundo, fue una violación hermosa para dártelos. ¡El auto, el auto!, y corro a clavar el freno. ¿Y ahora qué? ¿Tenés un arma? No digas estupideces, es de plástico, ¡la vi, tenías una! Pero no, qué idiota, me la dio mi papá, ya sabés cómo tiene las cosas él, está trabado el gatillo. Seguime. No dejemos los autos solos. Pero seguime, ¿hasta dónde? Hasta donde yo diga, acá hacé una puta vez lo que yo diga. No te asustes, es una sorpresa, las sorpresas no se dicen. No vamos a dejarlos solos. ¿Por qué?, no hay nada acá, quién nos los va a robar, ¿las estrellas? Además están protegidos por el arma. No le veo la gracia, pueden dispararse. Te dije que el gatillo está trabado hace cincuenta años. Me alza, me pasa por atrás de su espalda y me lleva al trote. Lo golpeo en la espalda, en la nuca, lo hago trastabillarse como un corredor en la recta final con un calambre. ¿Adónde me llevás? Sorpresa, pero dice: sos presa.

Viene el afluente romántico de las primeras noches en las que éramos solo hijos, dormíamos en los tambos, en las recámaras de los castillos, en las torres abandonadas, desayunábamos en la caballeriza sobre miles de panales de siglos perdidos y me besaba en las secuoyas. ¡Cuerpo a tierra, es una orden! Uno de los autos se mueve, o eso parece, alguien sacó el freno de mano. No sé si me quiere hacer el amor o soterrarme viva. ¿Para qué estás filmando todo? Para tener recuerdos de la reconciliación. ¿A quién se lo vas a mostrar, o vender? El auto, le digo, se mueve. Ves fantasmas. ¡Los dos autos ahora! Está cada uno solo en su cabina negra, van a tener miedo de morir. No saben que pueden morir. ¿Cómo no van a saber que pueden morir? Nunca sabés nada de tus propios hijos, es imposible que sepan que van a morir. Qué ignorante, es imposible que no sepan que van a morir, los autos se están sacudiendo, dejame ir a ver. No tienen fuerza para eso, de ahí no salen más. Se acuesta sobre mí en la tierra con caracoles, limazos, setas. Me siento felizmente acosada, le digo, pero no filmes, no quiero verme, no quiero que me entregues. Qué no vas a querer ver si la única a la que ves es a vos. Estás filmando todo en directo como un terrorista, puro sadismo, pura saña. Por favor, Lisa, no repitas palabras, acá no hay nadie, estás hablando para los magistrados, acá no hay señal, estamos a un pie de igualdad, ninguno podrá fabricar pruebas. Pero me seguís filmando, ¿quién lo va a ver?, su corazón se irriga. ¿Sabés qué le pasó a una mujer que vino a caminar a este mismo monte? Lo leí ayer en el diario de la región. Habíamos dicho que, llegado el caso, nos podíamos divorciar. Tantas cosas habíamos dicho, Lisa, tantas cosas se dicen a lo largo de un matrimonio, tantas cosas se hablan y casi nada es cierto. Pero entonces no me das opción. Una mujer de tu edad quiso dar su caminata acá, se compró una crepe en un puestito ambulante a la entrada, comió entrando y se atoró, no había nadie, empezó a toser y murió atragantada por el chocolate de la crepe, la encontraron meses después. ¿Qué me querés decir? Que cuidado con los crepes si vas a irte sola en el futuro, pero por ahora te cuido yo. Pero quisiera que podamos hablar de repartirnos a los hermanos. Termino los trabajos en casa, te prometo que termino la planta alta, la bañadera, la baranda y la vendemos al doble. ¡Al doble! Pero si no hay nada a mi nombre, ni un solo papel, giro para salir pero la tierra se abre. Mirá cómo me la ponés, mirá cómo me vacío por dentro, mirá cómo tu hombre se vacía en blanco, debe ser tan asombroso como ver a alguien llorar sangre. Mi mano se llena de su esperma, él me lo pasa por la cara, es mucho más romántico que los que tiran ácido. Allá tengo doce años de edad mental, me preguntan si soy mayor antes de hacer un trámite o ir con los recados a la farmacia, ¿y eso qué te importa?, aparentás juventud. Ya está, hagamos un trato, cada uno un auto y listo, no te lo saco yo al tuyo, no me lo sacás vos al mío, a mano, sin tirar la moneda. No, mejor, nos casamos de nuevo, volvés a casa, no se habla más, les hago un muro de betón a mis padres. Esto es jugar a la ruleta rusa con el arma cargada, un arma cargada que va cambiando de dueño, ¿vos de verdad pensás que podemos vivir todo de nuevo, volvernos a casar, volver a fabricar mellizos a los cincuenta años? No tenemos opción, no nos dejamos margen: listo, un hijo cada uno. ¿Sos diabólica? Eso los traumaría, ni con padres monstruos, ni en la guerra separan hermanos. ¿Y vos decís que sos artista? Nunca dije que soy artista, dije que quería ser algo más adelante y que podía escribir. Pero te hacés pasar por artista con mis padres y los vecinos, y no tenés nada de alguien así. ¿Y vos qué sos? Yo dije que cuando los chicos crezcan me gustaría escribir o hacer algo para mí. Pero ¿qué vas a hacer después? ¿Qué vas a hacer de tu vida si no pudiste hacer nada hasta ahora? No se vuelve uno alguien importante porque los hijos crecen y menos escritora, ¿lo pensaste bien? ¿Pensaste bien si no querés dármelos, deshacerte de ellos y ser libre? La fábula de la escritora matahijos. Me suelto, corro alrededor de él en la oscuridad como una polilla maníaca. Encuentro una piedra grande, no me ve, me escondo, me llama: vení, escritora, vení acá, escritora genial, y se ríe por lo bajo, vení o te encuentro, mirá que yo sé mirar en la oscuridad, mirá que tengo ojos que ven lo negro. Gira ansioso buscándome, da vueltas detrás, giramos los dos, cuando adivino que lo tengo cerca le tiro la piedra en la cabeza y cae. Corro hasta su cuerpo y tomo sus llaves. Llego a su auto, tiemblo, abro y saco al segundo cuerpo desmayado como el rescate de un niño caído en un pozo.

Una sola meta: avanzar sin luces. Tengo que encontrar la manera de salir del radar, salir de la costa. No sé si ya se levantó, la cabeza ensangrentada con una conmoción cerebral o ileso. Veo el camino que se abre, apago el tablero por completo, también las de posición, intento que no haya ruido y me abro. Creo que nadie me sigue, a menos que sea a pie, a menos que logre levantarse, la tapa del cerebelo abierta y arroje un objeto cortante para desinflar las ruedas y se abalance sobre el capot. A menos que logre levantarse, ir hasta el arma y desbloquear el gatillo. Doblo en un pequeño pasaje comunal. Bajo la velocidad, soy un animal lento, detengo el motor, no escucho nada. Quizás nunca se despierte, quizás no lo maté, quizás sí y no fue culpa mía. Acomodo a los chicos, uno está un poco lastimado en la frente, le doy sorbos de agua, tenemos que sobrevivir, los arropo, les hago una cama cucheta marinera, nada se mueve en el horizonte, no veo intrusos, los árboles la tierra quietos, la arena movediza helada. Acaso él va a lograr arrastrarse y llamar al 112, lo hará con tal de opacar mi momento. Vamos a esperar, chicos. Me paso al asiento trasero y los acaricio, pero todo tiene un aspecto fangoso, incluso cuando rescatan al niño del pozo con una soga, lo sacan cabeza abajo y aplaude el pueblo, incluso ahí, asoma alguna idea mórbida. ¿Hace cuánto que no comemos ni una galletita, una manzana, un cuadradito de queso? Busco algo, sus nervios y su masa muscular están debilitados, como chicos recién liberados de un campo. ¿De quién es la culpa, mía solamente?, ¿de mamá solamente? Hay tanto obstáculo, saltan como lémures de cola anillada, hay algo esotérico en la alianza con ellos, en ser su madre. Hay algo esotérico con su padre también, ¿nunca lo notaron?, ¿no van a decirme nada de su padre? Les prometo que todo cambiará, lo escucho decir desde el más allá: termino los trabajos, la planta alta, la baranda, la bañera y vendemos al doble.

Una tarde decido abrir las puertas bajo llave, salir, dejar la televisión y los chimentos que me ponen para que practique, ir yo a buscar a mis mellizos.

Tomo una bicicleta apoyada en un poste en el village y pedaleo cuesta arriba y cuesta abajo por las colinas los cinco kilómetros que nos separan del jardín de infantes. Desde la ventana de la planta alta la maestra se asombra al verme llegar. Yo me asombro de que ella se asombre y ella se asombra de mi asombro. ¿Pasó algo?, dijo alarmada. ¿Les pasó algo? No entiendo, me comunicaron que usted se los llevó hace media hora. No pude pensar con claridad, entré a la sala, los otros niños jugaban en ronda esperando a sus madres. ¿Quién se los llevó? ¿A quién se los dieron? Alarmada la maestra corrió por el pasillo y volvió con una responsable del jardín que atestiguó que vio con sus propios ojos cómo una señora con mi mismo pelo, los vino a buscar, no dudó un solo instante en entregarlos cuando los chicos corrieron a abrazarla. ¿Una chiflada estéril se había puesto mi pelo o se había comprado una peluca en algún negocio de disfraces para hacerse pasar por mí? Las tres nos pusimos a correr por el jardín sin ninguna sensatez. Yo tocaba las cabezas de los otros niños parecidos a ellos con ganas de zarparme a uno. Perdimos el juicio, dijo la maestra, esto no nos pasó en más de cien años de existencia del jardín maternal de esta región, dijo la responsable, estamos aquí desde antes de la guerra. ¿De qué guerra habla? ¿Andaría merodeando un desviado por los extramuros de la escuela? ¿Le dijeron mamá, mis hijos? Sí, señaló: yo escuché perfectamente la palabra mamá, por eso y porque tenía, le juro por dios, el mismo pelo, es que esta-

ba tan confiada de que era la madre, digo, usted, de que era usted en persona. Por otro lado, a usted, casi no la habíamos visto. Una iluminación me hizo ver a mi propia suegra sentada en la peluquería probando tonos de tintura, verla con una bolsa de cotillón en el asiento trasero de su auto. Llamo a mi novio-marido, no responde, pero nunca responde cuando trabaja y tampoco cuando no trabaja, a veces lo llamo y otra persona respira, escucha y cuelga. De pronto me acuerdo del asco que me dio encontrar pelos en la fuente a la crema y en las peras al borgoña de mi suegra. Algo estaba cortando, quizás una peluca de mi color, todos nos sacábamos pelos de la lengua adheridos al paladar. Llamo a mi suegro, me responde que está en el tractor entre árboles caídos y no me escucha nada. Mientras llamo a mi suegra dejo caer como guillotina una amenaza sobre las cabezas de las dos ineptas responsables del jardín: habrá juicio.

Los limpio con un trapo, no sé qué hice, tenemos que abandonar el auto, dejen de preguntar cosas que nadie sabe. Ya terminó la aventura de la casa con ruedas, hay que juntar la ropa y tirar el resto. Ya estamos abajo, les pido que saluden, fue un compañero fiel, un caballo al que hay que eutanasiar. Pónganse lejos, esperen ahí. Lo inclino en el barranco en primera y nos vamos a pie, un poco más allá giramos y lo vemos deslizarse hacia su destrucción. Chau chau. Llega un momento en el amor en que ya no se desea tampoco el fin. No es solo que el amor se fue, es que también se va el ensayo, la repetición, los celos, el sarcasmo del amor. Vamos a pie, los chicos han crecido desde que salimos del campo, los veo como dos huestes boys scouts braceando hacia una llanura caliente. Solo hay que tener nuevos tickets y cruzar. Me pregunto si alguien lo encontró, si dieron alerta a las autoridades costeras, si duerme entre hojas y lo descubrirá alguna corredora. No tienen fuerzas pero tenemos que avanzar, se quejan de que no quieren continuar y cada dos pasos, papá, dónde está. Su papá se quedó acampando y nos encontrará más tarde. No renieguen de mí, ni de tener que ir a pie. Los desplazados, los guerreros, los deportados han huido febriles, insomnes, con tifus, no somos más que ellos, ¿ok?, ¿me escucharon ustedes dos? No somos más que ellos y no nos tocó nada tan grave, algunos tenían que cortar el pelo de las mujeres asesinadas en los hornos. ¿Qué hornos? Bueno, es otra historia los hornos, ahora debemos avanzar rápido, no puedo alzarlos al mismo tiempo, pero pueden alzarse el uno al otro, no tengo tiempo ahora de educarlos. No vamos a sobrevivir sin auto, sin comida, siempre se sobrevive. Caminamos en fila por un atajo y bajamos hasta el agua. Cambiamos los tickets alegando problemas aéreos y subimos sin problema a la embarcación. Quizás no esté muerto, quizás solo se levantó, salió a caminar y rehízo su vida. Quizás lo van a encontrar, pero no podrá decir quién es, nadie puede decir quién es, quizás en diez años se acordará de que nos estábamos persiguiendo.

En la cubierta nadie nos dirige la palabra, los hamaco, miramos la costa alejarse, el sonido ronco del buque, los guardacostas velan por un naufragio en la contracorriente. Cada tanto sifla la sirena aflautada y nos sumergimos en la zona abisal. Ya casi llegamos, puedo ver la punta de la isla, ¿habrá enanos, duendes, extraterrestres, mamá? Bajamos con los pelos al viento y las caras sedientas, los labios resecos de no haber bebido nada en horas. ¿Me seguirían hasta el fin del mundo?, ¿qué es el fin del mundo? No puedo educarlos ahora, digan que sí, amar a una madre es como entrar en una secta. Al salir del buque entrego los documentos, no sé si señalan algo extraño pero nos dejan avanzar hacia la zona de la guardia civil. Caminamos entre rocas brillantes, somos una leyenda negra, somos tres cuervos. Caminamos sobre túneles de ferrocarriles regulares y sobre un túnel de servicio, todos excavados por debajo del fondo marino. Los llevo a una casilla de madera pintada de blanco y azul, antiguos camarotes de trenes de guerra, hoy convertidos en pequeños restaurantes para pasantes. Encargamos el hojaldre de pastor y *cornish pastie*. Se quedan mirando las gaviotas sobre los techos de tablón azulado. Las llaman las gaviotas del pavor de Cornualles, amenazan al mar, ganan la guerra de las playas de St. Ives, pero ellos las miran y las saludan, guardan su inocencia. Coronamos el almuerzo con pasteles coloreados con crema batida cuando veo detrás de las típicas ventanas a unos uniformados. Ya no recuerdo cuándo me deshice del teléfono, quizás en la cubierta principal cuando nadie nos observaba. Sigo sin noticias, no me entero si lo maté, no hay televisión, no hay nadie con un teléfono para informarme, testigos no hay, a menos que alguien durmiera colgado de una rama en ese momento. No sé si mi cara me delata, mi aspecto anti inglés. Bajamos por las rocas entre viviendas construidas bajo tierra y puentes levadizos en las entradas a los fuertes y castillos. El sol no aparece, pero no se preocupen, el sol se vengará. ¿Cómo el sol se vengará? Hablamos de la venganza fría, metódica, y de los astros todo el camino de regreso por senderos enroscados, espinosos. Les digo con honestidad que, por suerte, todos seremos pulverizados dentro de poco, dentro de mil años, qué importa. Los hermanos se angustian en extremo, no entender angustia, dicen que un día el sol va a dejar de calentar y todo se apagará. Todo se apagará, mamá, un mundo enteramente sometido al negro mineral, pero entonces la vida será como montañas de basurero, montañas de carbón mohoso, ¡claro, chicos!, pero no hay que bajar los brazos dentro de la letrina, ¡acá estamos! ¡Acá de pie para la venganza! Elegimos un escondite donde dejar nuestras posesiones como los vagabundos, remeras sucias, pan vencido, ya no podremos cargarlas, compraremos todo de nuevo. ¡Todo de nuevo, todo de nuevo! ¿Allá? Nos marchamos. El laicismo desapareció de la faz de la tierra, digo en voz alta, pero nadie me entiende, nadie quiere entender.

Solo hay tickets para mañana por la tarde, los aviones están todos completos para ese destino, pero por qué querrán ese destino. ¿Y ahora? Si está muerto, cuánto tiempo demorará un turista en descubrirlo a sus pies, dar alerta, llevarlo a un forense, toda esa burocracia cadavérica. Pero si despertó solo con la claridad del día, como un hombre nuevo, como un pájaro, y se puso a errar por el balneario, a todo momento puede ver la piedra y delatarme. Entonces tendríamos ya mismo una orden de arresto en la carrera del despegue. Ellos acusados también como posibles cómplices, los chicos con la mesita abierta, los auriculares y los snacks. Elijo al azar un hotel cadena con piscina inhabilitada en las afueras del aeropuerto, oculto detrás de unos pastizales altos. Ahí esperaremos a que pasen las horas sin sobresaltos. En esos hoteles donde se vengan de su cónyuge antes de colgarse y dejar bajo la cama a los hijos como paquetes. Felicidades, en el hotel donde nos casamos te dejo lo que te merecés, vos elegís, entierro o cremación. Las camaritas en los pasillos los muestran entrando y saliendo a los filicidas. La habitación es como todas las habitaciones de los Concordia, Rungis, Ibis, B&B. Nos sacamos las zapatillas, subimos la calefacción al máximo, se quedan en calzones, prenden la tele, buscamos algo en español. Pasamos el día aplastados, robando lo que hay en la heladerita empotrada, pidiendo el service room con nombres falsos, sacando golosinas y aperitivos de la máquina y mirando por la ventana a unas ambulancias. Por la noche se palman antes de lo previsto. Los cubro con las frazadas sintéticas y doy vueltas por los trece metros cuadrados.

Todo lo que siguió al rapto de los mellizos fue actuación. Festines, paseos familiares por la Loire, darle de comer a los patos, ir con la suegra a buscar el envoltorio dorado de Navidad, ir con los suegros de excursión a la granja a ver a los burros comer heno, pero todo descarriado por la imagen de mi suegra cortando la peluca y tirando mechas al fuego. A la semana siguiente la descubrí en la manzana del jardín haciendo como que salía a hacer footing y hasta la vieron tras las rejas espiando el patio donde salen a jugar. Al final trababa las puertas una vez que volvían del colegio y los vigilaba cuando saltaban en la cama elástica o se balanceaban en las hamacas de pino, pero cuando me duchaba o me adormecía oía que abrían sus ventanas para sustraerlos. Fue cuando empezó la huida mental, la única que cuenta, el avance y la retirada.

Ya son las dos, la ansiedad prospera, transpiro a medida que avanza la noche, miro los aviones patinar, cerrar y abrir las ruedas. El sonido de las turbinas amplificado, los hombres que parece que bailan con el traje flúor en la pista. Abro la puerta, el cartel de no molestar, en el pasillo no hay nadie, delante de una habitación la bandeja con sobras. Tomo la tarjeta y la luz del baño se apaga, los chicos quedan sumidos a la negrura del océano. Camino por la alfombra colorida, qué hacer para menguar, en el lobby el empleado me confirma que todo está cerrado en los alrededores, casa de masajes, restaurants vietnamitas, casas de cambio. Salvo, dice, pero duda, salvo la discoteca cabaret del complejo de hoteles Discoteca Rampard, pero no sé si usted encaja, no sé si es para gente de su edad. Camino entre rotondas, empresas importadas de construcción, las afueras de un LDL, negocios de Nissan y una franquicia de electrodomésticos. Camino sin ninguna personalidad. Atravieso un depósito de grúas, una boutique de piscinas, y al lado de un vivero encuentro el cartel, Rampard. Un patovica me mira pero para mí todos me miran mal, debe pensar que me voy a medicar adentro, que vengo a buscar dinero rápido o a encontrar una segunda juventud a costa de los ingleses desgraciados. Vengo por una copa, le digo, una copita antes del vuelo, al patovica le importa tres carajos si saldré viva y me abre la cortina. Adentro los años setenta, un tugurio con ceniceros de pie de cobre, caños de pole dance manoseados, luces de colores espejadas, mesas de billar. No conozco a nadie, pero siento que todos hablan de mí, ¿será así? No me vine preparada, tengo ropa demasiado grande, en una mesita escondida comen tres señores unos bocaditos de carne asada y fuman habanos. Mi inglés es malo, pero me comunico en lo esencial aunque no me doy cuenta de si se burlan de mí o hacen chistes entre ellos. Bailo unos temas y paso cerca de su mesa, los hombres me miran, se ríen, me siento en la barra, ¿qué hora es?, pregunto como turista boleada que pierde el avión. No es tarde, tomo dos tragos fuertes, me duele la panza, me duele la cabeza, se me mueve todo. No sé si estoy fingiendo tener mareo, no sé si estoy fingiendo estar asustada por lo que me va a pasar, qué me va a pasar, no sé, pero hay algo flotando, un tufillo. Ahora mismo bailo un reggaetón venezolano cerca de la mesa de los tres hombres.

Uno me hace un gesto de acercarme, giro, no veo a ninguna otra, me acerco. ¿Me habla a mí? ¿Estás sola?, acá ninguna puede quedarse sola, vení, vení con nosotros que te cuidamos, y hace que le traigan una silla. Si entra la policía inglesa pidiendo licencias mejor estar con estos tres. ¿Qué querés?, me pregunta uno de lentes verdes, la verdad es que no cené, digo, traigan todo para esta muñeca. No sé si se están burlando con lo de muñeca, si están jugando conmigo en este ambiente psicodélico, alguien sale de detrás de la cortina y deja varios platos dorados sobre la mesa. Como con la mano, no tengo servilleta, me chupo los dedos, no quiero preguntar nada, no quiero mostrar nada, no quiero que me hagan hablar. Parece que tengo que comer todo porque me siguen mirando y no dejan de hacerlo hasta que termino las bandejas. Me dan de tomar, alrededor mujeres flacas y jóvenes bailan colgadas de los caños, dadas vueltas, solo se les ve la entrepierna, solo se les ve las membranas, las aberturas, los orificios donde las apuntan. El aire blanco de cigarro se disipa sobre las botas de cuero brillantes de los tres hombres que me rodean. Uno de ellos me levanta dándome la mano con caballerosidad, los otros dos lo siguen. Abren la cortina y me hacen pasar del otro lado. Sigo escuchando el reggaetón, me quedo parada en ese espacio de penumbra verde con un sillón redondo sin entender bien la situación, qué se supone que me va a pasar, qué esperan que haga. ¿Y si son enviados? ¿Si son infiltrados de la policía francesa? ¿Le habrán dado todos sus ahorros escondidos en congeladores? ¿Cuánto por la cabeza de una blanca extranjera? Uno baila conmigo, yo no sé cómo moverme, él me ayuda a mover la cadera, no sé qué mierda estoy cantando, oigo, *waaa, naaaa, dandandandan*, repito, *waaa, naaaa, dandandandan*, me muevo de un lado a otro, me da algo más de comer que no llego a saber qué es y lo trago. Me dejo ir, soy un mono, soy un rehén, soy una secuestrada en un intercambio de prisioneros, me sueltan el pelo. ¿Y si me hacen fotos desnuda para enviarlas al padre? No sé nada, *naaa. Tatatata, mmmmm, wawawawawa*. Me sientan en el sillón de cuerina y les bailo a los tres, no sabía que era capaz de abrirme tanto, de excitar tanto, de volver a tres hombres, bestias. El más petiso me levanta la remera y me corre el corpiño, los tres tocan mis tetas, de pronto soy la única con tetas en todo un regimiento, de pronto soy una fuente de placer para estas milicias asesinas. Perreo con las rodillas sobre la cuerina gastada, entre el ardor, la fogosidad y el miedo no logro verles la cara, tengo uno detrás, otro delante, hablan entre ellos, no entiendo lo que dicen. No son agresivos, me hacen moverme como una felina, cierro los ojos, no sé nada, no maté a nadie, me tocan de todos lados, me bajan la ropa, la corren, rompen un bretel, me pasan de uno a otro, las canciones cambian cada vez más lento. Me dan de tomar algo del pico y baja el líquido por mis tubos hasta que llega a mi sangre, me dejo llevar, no quiero que piensen que me están violando y los voy a denunciar, no quiero que me lapiden por eso. Me la mete uno, el alto, creo, el otro está en mi panza, lo debe volver loco la grasa, debe fantasear que come de mi grasa, qué hora será, ya tengo que irme, hasta acá estuvo bien pero ya quiero irme, limpiarme. De repente estoy rebotando sobre la panza redonda del más chico, en un momento tengo la impresión de rebotar cada vez más alto en un inflable de parque de atracción, me digo que mi vida es totalmente absurda. Las rotondas, el vivero, la casa de electrodomésticos, el LDL, volver con la tarjeta magnetizada a la habitación, volar en unas horas. ¿Y si el dueño del tugurio ya alertó a los polis franceses y están en camino disfrazados de consumidores de pole dance? Ahora estoy a las manos del segundo, me veo pasar de mujer fatal a un animal aterrado en una caja en la puerta de un refugio. La noche crepita, hay vicio alrededor y el vicio es siempre repetitivo, tatata, como un grito a dios, dale que dale con el vibrador en el clítoris, el crimen es pegajoso. Los tres hombres me hacen bailar, no sé nada de ellos, se cuentan cosas, alguno puede ser hijo de un alto funcionario del Estado, de un pastor evangélico de gran reputación en Hackney, entre ellos también se toquetean, están más concentrados en ellos que en mí. Imagino que el alto quiso agradarle a su padre pastor toda la vida, que ingresó en la británica armada aérea, intentó ser piloto de elite para agradarle al pastor, pero fracasó, lo echaron sin condecoraciones, se le fue el tren de la juventud. Entonces se volvió patovica de un cabaret de cuarta y todas las malditas noches sueña con invitar gratis a su padre a beber con él, lo espera en la barra, le sirve un vaso de whisky, la cabeza roja y gorda, y nunca viene. Dejo de moverme, intento subirme el bretel, no me dejan, los veo, demasiada transmisión evangelista, el crimen de unos conejos traumó al bondadoso niño, el pecado, las trampas de conejos diseminadas por la casa, el niño queriendo sacarlos, el padre ensañándose. Logro zafarme, ya está, no quieren que me vaya, me atrapan entre los tres, me ponen en posiciones fetales, en posiciones escatológicas, no tengo que gritar, no tengo que hablar en otro idioma, no tengo que pedir justicia, eso es lo peor, pedir justicia. Nunca se sabe lo que despierta, casi ningún crimen es vengado, para qué. Sobre todo, no quiero levantar la perdiz, no quiero que piensen que son abusadores porque eso siempre los enfurece y los calienta más, el odio se activa cuando sos descubierto. Me escabullo, me agacho, me voy en bolas detrás de la cortina. La música *wawawa nananan tatatata* excita cuerpos como reses trepados a los palos enjabonados, como querían los viejos tiranos, se les cumplió el sueño. Me subo la ropa, escapo pidiendo ir al baño.

¿Seguir derecho o doblar? Elijo ir hacia una zona de luces de tubo, camino, reconozco la primera rotonda, no sé si estoy ebria, veo una empresa de autos importados, una de construcción, las afueras de un LDL, las imágenes me parecen conocidas. Vuelvo al hotel como el perro tirado en la ruta en el viaje vacacional que recorre cientos de kilómetros hasta la puerta de la familia abandónica. Con estupor descubro mi hotel, no pensaba que estaría tan cerca. Una pareja fuma delante de la puerta automática, entro con ellos. Subo por las escaleras de servicio, ¿en qué piso nos alojamos? No tengo memoria visual, todas las puertas son iguales. Pruebo en el segundo piso, ninguna puerta me parece nuestro número. Pruebo en el tercero, pruebo en el cuarto, no reconozco la puerta. Hundir lo más posible al otro, una vida entera firmando cheques falsos, haciendo como si hablara por teléfono con clientes, una vida entera yendo y volviendo a un trabajo inventado, saludando al llegar y al irse pero sin salir nunca de la zona de simulación. Si se levantó del golpe, me gustaría preguntarle si me quiso, pero cómo saberlo, él tampoco lo sabe aunque diga que sí, nadie se da del todo cuenta cuando miente.

Pego el oído a la puerta que parece la correcta, sí, es esa, busco la tarjeta, la perdí o me la sacaron, miro por debajo a ver si hay luz, si lloran, nada. Golpeo con suavidad, los llamo. Bajo al lobby, no hay nadie, vuelvo a subir para no ser vista por las cámaras. Toco la puerta con temor a despertar a los demás huéspedes, toco más fuerte, abran, abran, susurro, a mamá, mamá llegó, me quedo dormida sobre la alfombra del pasillo.

Los primeros intentos de evasión fueron un fiasco. Mis suegros pasaban del brazo por la puerta junto a los vecinos fumadores de narcótico. La conciencia de la realidad y la visión ya la tenían afectada, pero ahora todo había declinado y estaban fuera de control. Me vieron y me sonrieron, incontinentes, carnales. Yo tenía todo en marcha para el escamoteo, cuando el suegro se soltó de la suegra, cruzó la tranquera sin mi aprobación y vino a ayudarme con el motor. Lo cerré de un golpe y entré a la casa a esperar el regreso del novio. Otra vez fue en medio de la noche, la repentina luz de la cocina de los suegros como un cuchillazo y la sombra en camisón ida y vuelta. Más adelante aparecieron los envíos por escrito, papelitos, grafitis, mensajes misteriosos sobre la tierra con la sigla de mi hombre y una estrella de David.

El aeropuerto es como un hangar improvisado en la epidemia. Llevo anteojos negros, no se nota la resaca, ya me fregué el olor. Los chicos me abrieron con los ojos cerrados, no creo que alguien me haya visto pernoctar en el pasillo. Al lado de los controles las fotos con las descripciones de las personas perdidas. Desaparición inquietante. Audrey Baltross. 40 años. Madre de dos hijos de once y doce años. Mide 1,65, pelo corto y castaño, ojos azules, un tatuaje en el pecho derecho. Miope de un ojo. Dejó la comunidad de Auzit el 13 de febrero a eso de las dos de la tarde a bordo de un Seat metalizado, matriculado DL-669-NT. El asiento trasero contenía una silla para bebé. El espejo retrovisor del conductor estaba pegado con una cinta adhesiva. Toda persona que la haya visto o pueda aportar alguna información a la investigación llame a la Dirección Territorial de la Policía Judicial y a la policía de la comisaría, junto a los números en rojo. Los chicos los leen como si fuera un acto de magia y los memorizan. La esperanza del reencuentro de la niña china Qifeng, perdida en un mercado cerca de un río en 1994 y encontrada veinticuatro años después. Y una larga lista de mujeres secuestradas o perdidas. En Francia desaparecen entre cuarenta y cincuenta mil personas al año, la mayoría elige desaparecer. La ley vaticina que los adultos tienen derecho al olvido, derecho a dejar todo atrás sin explicación, la vida a veces es un error completo. Un error de principio a fin y hay que saldarlo. Solo se investigan desapariciones perturbadoras. Después vienen los hombres y los perros. Llamado urgente a testigos que hayan visto alguna escena de rapto, aun si en el momento pensaban que era una escena de amor. Pasamos controles de seguridad, nos piden que nos saquemos todo lo que nos cubre, anteojos, gorra de lana, botas, collares, todo puede sonar, todo puede explotar. Se activa la alarma y soy revisada con las piernas y los brazos en cruz. Los chicos abren también sus brazos. A la llegada, welcome Argentina, les digo, aunque no lo crean, ustedes son argentinos, acá estamos, acá no te encuentra nadie. No sucede nada en particular en los ordenadores de las autoridades de Aduana, director nacional de Aduanas, gerente de Administración General, gerente de Operativa Aduanera, nadie nos intercepta, nadie nos pide que pasemos a un cuarto blanco para revisarnos los intestinos, la vesícula biliar y el recto con un escáner. Algo ocurre en el momento de franquear la puerta hacia el hall del aeropuerto. Entre negocios de golosinas y revistas percibo algo sin detectar qué. Un agente de civil habla por un walkie-talkie, otro mira de izquierda a derecha y hace una seña de cabeza al guardia de la puerta. Pero qué pasa en concreto, cuáles son las órdenes dadas, qué es lo que hay que hacer en estos casos, trato de pensar rápido. Entramos a una farmacia, no es el mejor momento para ir a la puerta de salida. Miramos pócimas, brebajes, infusiones, pociones, la empleada con uniforme blanco me pregunta qué busco. Busco y saco un remedio para el hígado. Pero eso va con receta, señora. Veo que uno de los dos junta grageas como si fueran hongos salvajes. Disculpá, le digo, es que no soy de acá. Los hermanitos juegan como moscardones y abejorros queriendo empujar el vidrio, afuera pasean agentes escoltados por guardias y otros corruptos aduaneros a cargo de pasos fronterizos. Nos metemos detrás de las góndolas con efectos paliativos. No queda nada por hacer, evadirse del aeropuerto es impensable así que nos quedamos los tres agazapados entre remedios, imitando al enfermo indeciso, hasta que se oye un trueno seguido de la caída de piedras sobre el techo de la nueva terminal. La lluvia de piedras va en aumento, el policía de la puerta se va. La gente mira el desastre aéreo, las alarmas de los autos suenan, salimos con el cuello hundido y circulamos entre taxis y remises.

Los brothers se duermen inmediatamente, bloquean la vida exterior y se meten para dentro como dos pangolines de Asia. El chofer mira la televisión. Abro y cierro los ojos a la autopista y los carteles con anuncios mafiosos y electorales. Como allá, acá también es el Estado el que regula a los menores, venta, compra, fiestas privadas y a disfrutar canilla libre de sus cuerpos precoces. Llegamos a la capital, los hermanos se despiertan en Balvanera cruzando la plaza Miserere, las zapatillas en los cables, todo les parece de película. Nos bajamos en una plazoleta cerca de la estación de tren, ¿esto es un barrio?, sí, se llama barrio. Pobres están fuera de la sociedad, no van a integrarse nunca. Nos metemos en el pasillo fresco de un edificio de los setenta, los chicos se tiran a los azulejos para refrescarse. Subimos por un ascensor de rejas, a los hermanos les parece una caja para domar leones. Parecemos tres enjaulados en un circo ilegal y reímos, los animales abandonados corren por todos lados, se chocan después de un allanamiento. Encuentro la llave y el rollito de plata bajo la alfombra, como me prometieron, sin cartitas, sin llamados, todo NN. ¿Vos también tenés padres?, preguntan. El departamento de mi infancia tiene cortinas naranjas, varias piezas con varias camas, un baño antiguo, una heladera con un sachet de leche y dos manzanas. Los hermanos están perdidos, no se sientan, no se acuestan, no caminan, no se pelean, solo sé que tienen pulso porque están de pie. ¿Acá vivías? Entramos a mi habitación y nos tiramos los tres en la cama, uno sobre otro, todo está intacto desde que era joven, los chicos tocan los objetos, máquina de fotos, libros, como una exposición de la casa de una deportada, la visita guiada con traducción a varias lenguas de la pieza de la muerta. Anochece raudamente. Estábamos mirando fijo el cielo cuando todo se fue. ¿Anochece más rápido acá, mamá? Creo que sí, que todo va más rápido. Las nubes, la lluvia, el poniente, el ocaso.

¿Bajamos a inspeccionar? Caminamos por el barrio, nos topamos con un negocio de disfraces con la persiana levantada. Entramos al negocio largo como un patio carcelero, al fondo un hombre trabaja sobre un disfraz de conejo con ojos blancos y duros. Los chicos quieren probárselo, el señor termina de pegar los ojos albos brillantes con poxipol y los sopla. Cuando se termine de secar puedo mostrarles cómo queda. Sí, gritan y caminan con cuidado entre disfraces colgados como comensales ahorcados a medio metro del suelo. Miro hacia la calle, algunos pasan con un carrito con basura, un caballo se inclina a intentar beber agua de la alcantarilla pero el peso no lo deja, un señor con cara de informante pita un cigarro y lo lanza, no se puede estar a salvo ni en el barrio de la niñez. Los hermanos ya son dos conejos albinos escapados de un corral que me persiguen, como los conejos albinos que mataba mi suegro delante de mi marido. El señor les da una falsa hacha y una zanahoria negra para que me aterroricen. Los miro buscarme y me escondo en un pasillo detrás de un disfraz satánico.

Nos ponemos gorros de sol con visera, compramos ojotas tropicales y camisetas blancas sin manga en un puesto callejero, nos sacamos ahí mismo nuestra ropa invernal de junkies. Un día pasa, exactamente igual al otro que pasa, seguimos a la deriva en el mismo departamento de cortinas naranjas, sin contacto con los vecinos ni con nadie, por la noche salimos a ver cómo cierran como guillotinas las persianas de metal, nos gusta ver cómo se vacían las calles de cartones, bolsas y toneladas de comida y cómo se detienen los trenes en medio de las vías. A veces esperamos con paciencia el cierre de McDonald's y nos dan lo que no se vendió sin que tengamos que meter mano en el contenedor. Ese hombre se parece a papá y ese otro y ese que duerme sobre las rejas de un subte, ¿no serán todos, papá? Nos gusta comer de parados hot dogs con cebolla frita, nos gustan las heladerías del barrio y sus fantasías. Encontramos una galería y los hermanitos que bautizamos J E se suben a un caballo atornillado a un soporte de madera que imita un cactus. Funciona con una moneda, la inserto, el caballo se mueve, subo a J, lo miramos recorrer las llanuras del noreste y la Mesopotamia, J se aburre, lo bajo, el caballo siempre al galope, subo a E. Pero el caballo nunca para y E también se cansa de la llanura del oeste. Tengo la impresión de que salvé dos vidas, es poco para los héroes condecorados de la nación pero es mejor que nada y siempre están los que encubren un crimen haciéndolo pasar por accidente y siempre están los cínicos de su tiempo. Los veo jugar en una plaza sobre los chorros de agua y las viejas calesitas. Ya van varios días sin noticias, en público la orden es no hablar demasiado, si alguien nos pide la hora, no se responde. Otro día más, dormir, cambiar plata en el fondo de una cueva, deambular en cueros, comprar shorts de imitación, soquetes, zapatillas de lona, gorros patrióticos, raparlos y que sean dos aves rubias. Como en un engaño amoroso queremos ver de cerca las imágenes, si boca abajo, boca arriba, me pregunto dónde estará metido, qué estará haciendo, qué cara tendrá, si pudo levantarse, si su cabeza quedó ahí. Me pregunto si tomó el mismo ferry, siguió nuestros pasos y está a pocos metros. Por las dudas no tengo teléfono, no entro en un locutorio, no les revelo el nombre de mis padres y mi hermano.

En la televisión de un bar con mesas de pool y flippers miro las noticias de mujeres quemadas y degolladas, matar ya pasó de moda, ahora hay que torturar, la picota en tonel, el toro de Falaris, el aplasta pulgares, el potro, la cuna de Judas, la doncella de hierro, es furor el Medioevo. Los hermanos comen puré. Están fascinados con la comida, no lo pueden creer, los comensales miran la televisión, Susan, quien estaba casada con David Smith, tenía un amorío extramatrimonial con un hombre que la dejó mediante una carta en la que le explicaba que esencialmente el problema en nuestra relación son tus hijos. Smith comenzó a odiar a sus hijos, llevándola a asesinarlos la noche del 25 de octubre de 1994. Esa noche, Smith colocó a los niños en la parte trasera del automóvil familiar y condujo hacia un camino de tierra rural que estaba rodeado por un lago. Allí, puso el auto en un barranco y le quitó el freno de mano. El auto se hundió con los niños dentro, quienes se ahogaron. Fue condenada de treinta años de cárcel a cadena perpetua el 27 de julio de 1995. Podrá optar por libertad condicional en noviembre de 2024. Ah, ya sale, pronto la tendremos entre nosotros yendo a los cabarets, teniendo más hijos o quién sabe. Los chicos chupan el plato con sal y quieren más pan. ¡Pan, pan! Existe en el corazón humano un deseo de destruir tan grande, tan alto, tan convencido que nada lo detiene, pero bueno, levantemos las copas, acá estamos hermanitos, hay peores vidas que la nuestra, casi todas son peores vidas que la de tres prófugos.

Caminamos por la avenida Pueyrredón y doblamos en Pasteur, los meto en la media luz de una sinagoga. Los llevo hasta el atril, los tres en silencio miramos los asientos de madera con los apellidos grabados. Ellos no entienden qué es este lugar, qué hacemos acá. Yo puedo ver generaciones enteras sentadas en esos mismos bancos, año a año, el Kaddish por los muertos, la locura humana, un señor nos echa porque no estamos del lado correcto de la sinagoga, todavía en el aire algo queda del ayuno. Bajamos hasta la calle Junín, doblamos en Lavalle, es como pasear del brazo por los alrededores de un asilo, muy lejos del mundo, drogada, calmada, sumergida. Ellos buscan cosas por la calle, restos de juguetes chinos, les dan globos con el nombre de un restaurante peruano, se adaptan a ser dos rubicundos afeitados y a no decir nada en la vía pública, puertas adentro practican la R, las vocales, las caras que hay que poner y cuánto abrir la boca. ¿Dónde está tu familia?, preguntan, pero todavía no podemos verlos, ellos ya vendrán donde estemos nosotros, tendremos una casa, ¿les gustaría arriba de un árbol, cerca de las cataratas? Argentina es muy grande, acá no te encuentran ni aunque busquen con agentes secretos. Una señora pelirroja me hace una seña, y sigue de largo, es mi mamá, casi seguro, me doy vuelta para verla, camina rápido pero es ella, lo sé.

Estamos distraídos casi llegando a casa con las compras cuando veo un afiche pegado en la Comisaría Comunal 11. RECOMPENSA LISA TREJMAN USD 10.000 difundir búsqueda de madre e hijos, buscada por Interpol. Lisa Trejman, nació el 18/11/1976, de nacionalidad argentina y polaca, DNI argentino 26.282.139, ha sido condenada a prisión en Francia por el secuestro de sus hijos mellizos Jonay y Elías Fournier, de nacionalidad francesa y argentina, nacidos el 13/03/2018. La familia paterna de Armand Fournier desde Francia ofrece inmediatos USD 10.000 por toda información que lleve a ubicar a Lisa Trejman y a los niños Jonay Fournier y Elías Fournier de aproximadamente cinco años de edad. Es muy probable que madre e hijos se encuentren bajo otras identidades, con diferente cabello, y les cuenten una historia alejada a esta realidad criminal. Cuando vean a una mujer con dos hijos que parecen gemelos pero son mellizos, conforme a las fotos y contemplando que los niños presentan una gran dificultad para hablar la lengua local, por favor comuníquense. Lisa Trejman tiene una madre y padre que viven en la Ciudad de Buenos Aires pero con actual paradero desconocido, aparentemente no ha entrado en contacto para protegerlos, y un hermano sin domicilio fijo que se hace llamar cantante perdido en una zona costera entre Argentina y Uruguay. Sus viviendas ya fueron allanadas y se está estudiando la información obtenida, pero según informan se deshicieron de todos los objetos y pruebas que podrían inculparlos. Pueden encontrarse en

Argentina u otros países, pero no pueden ocultarse por siempre. Hay orden roja emitida por Interpol Francia, toda la Unión Europea y el mundo. A ella le espera prisión firme. Los niños corren peligro junto a su madre. La familia de la madre secuestradora tiene raigambre en la colectividad judía por lo que no se descarta que la puedan estar ayudando sin conocer la verdadera historia delictiva de Lisa Trejman, la madre raptora. No se descarta allanar las oficinas de las instituciones y sinagogas. Lisa Trejman es una criminal y debe terminar en la cárcel. Contamos con cientos de testimonios en el village francés sobre la raptora en cuestión. Los abuelos paternos de los chicos han contratado profesionales expertos en la búsqueda de niños secuestrados por sus propios padres quienes nos solicitaron publiquemos esta nota. Cualquier noticia comunicarse a nuestro estudio info@galois.com y al +5491118111503, evaluaremos su información y de dar con madre e hijos tendrá su recompensa. Juzgados intervinientes: Argentina Juzgado 5 en lo Criminal Juzg. Nac. en lo Crim. y Correccional n.° 13 Expediente: 22012/2021 Cour d'appel de Bourges 10 chambre correctionnelle minute 54/2032 Parquet 2226400193.

Habíamos bajado a las catacumbas para explorar la vida subterránea y las estalactitas, el agua verde, las calaveras flotantes, cuando comenzamos a oír el dilu-

vio. Los bebés en la casa familiar con los suegros, el agua subía a una velocidad inesperada por las vías angostas. No nos cruzamos a nadie, era poco el tiempo que teníamos, había que elegir si moverse y buscar la salida o quedarse quietos para evitar que se desmoronase la pared rocosa sin saber hasta dónde subiría el agua. Respirar era casi imposible, pudimos sentir que nos quedaba poco tiempo vital, que habíamos tenido hijos huérfanos que criarían otros, que éramos una alianza: él la mecha, yo el fósforo.

Anochece, ya no estamos en el rango de su alcance. Luché para tenerlos conmigo pero desde antes de nacer sirvieron a un solo fin, el fin trágico de una pareja.